소중한 ______________________ 에게

______________________ 가(이) 선물합니다.

____

오페라의 유령

가스통 르루 지음
1868년 프랑스 파리에서 태어났습니다. 학교를 졸업한 뒤 법률사무소에서 서기로 일했습니다.
그 후 1890년에 신문 기자가 되어 1894년부터 1906년까지 특파원으로 여러 나라를 돌아다녔습니다.
1900년부터 소설을 쓰기 시작했는데, 추리 소설가 코넌 도일, 디킨스 등의 영향을 받아 심리 소설을
즐겨 썼습니다. 「테오프라스트 롱게의 이중 생활」을 발표하여 세계적으로 유명해졌으며,
「노란 방의 수수께끼」 「오페라의 유령」 등의 작품이 있습니다.

김재원 엮음
부산에서 태어났습니다. 경향신문 신춘문예에 동화 「하느님 우산은 누가 고칠까?」가 당선되면서
작품 활동을 시작했습니다. 그동안 「공룡 박사와 개미 박사」 「하늘로 날아간 혹」 등을 펴냈으며,
이주홍문학상 · 해강아동문학상 · 한국아동문학상 등을 받았습니다.

2023년 2월 25일 2판 7쇄 **펴냄**
2011년 8월 10일 2판 1쇄 **펴냄**
2007년 10월 25일 1판 1쇄 **펴냄**

펴낸곳 (주)효리원
펴낸이 윤종근
지은이 가스통 르루
엮은이 김재원 **그린이** 박영진
등록 1990년 12월 20일 · **번호** 2-1108
우편 번호 03147
주소 서울시 종로구 삼일대로 457, 406호
전화 02)3675-5222 · **팩스** 02)765-5222

© 2007, (주)효리원

잘못 만들어진 책은 구입하신 서점에서 바꾸어 드립니다.
ISBN 978-89-281-0146-7 64840

이메일 hyoreewon@hyoreewon.com
홈페이지 www.hyoreewon.com

오페라의 유령

가스통 르루 지음
김재원 엮음 / 박영진 그림

효 리 원
hyoreewon.com

『오페라의 유령』은 프랑스 작가 '가스통 르루'가 1910년에 발표한 추리 소설입니다.

가스통 르루는 우리나라에는 잘 알려지지 않았지만, 명탐정 셜록 홈스를 탄생시킨 영국의 '코넌 도일'이나 『괴도 루팡』을 지은 프랑스의 '모리스 르블랑'에 뒤지지 않는 유명한 추리 작가였습니다.

이 작품은 가스통 르루가 쓴 소설 중에서도 가장 흥미진진한 내용을 담고 있습니다. 추리와 공포와 지하 세계에서 벌어지는 모험이 잘 어우러져 있습니다.

이 소설을 바탕으로 뮤지컬 「오페라의 유령」이 만들어져 사람들에게 큰 인기를 끌었습니다. 또 그 뮤지컬에 나오는 음악은 음반으로 만들어져서 전 세계에 1억 2천만 장이나 팔리기도 했습니다.

그러나 이 소설은 원래 어른들을 위해 쓴 작품이었기 때문에 내용이 아주 길고 복잡합니다. 440페이지나 되는데다 이해하기 힘든 프랑스 중세 문화에 대한 내용이 많아 어른들이 읽기에도 쉽지 않습니다. 그래서 어린이들이 이해하기 쉽도록 다시 썼습니다.

필요 없는 내용을 많이 줄였지만 중요한 줄거리는 모두 살렸기 때문에 원작의 재미와 감동을 충분히 느낄 수 있을 것입니다.

이 책에 나오는 '오페라의 유령'은 참 신비스러운 인물입니다. 모습을 잘 드러내지 않은 채 극장의 지하에 숨어 살았습니다. 남들이 갖지 못한 뛰어난 능력을 갖고 있지만 사랑에 몹시 굶주린 사람입니다. 어릴 때부터 사랑을 받지 못하고 자라난 사람이 커서 어떻게 되는지 잘 보여 줍니다.

어린이 여러분은 이 책을 읽고 나서 가족과 주위 사람들을 많이 사랑하기 바랍니다. 그리고 여러 사람들로부터 많은 사랑을 받기 바랍니다.

끝으로 어린이 여러분은 '오페라의 유령'처럼 비극적인 사람이 되지 말고 남과 잘 어울리며 여러 사람과 더불어 살아가는 사람이 되기를 바랍니다.

엮은이 김재원

| 차례 |

유령이 나타났다!

　오늘 저녁에는 사표를 내고 물러나는 오페라 극장의 지배인 드비엔느 씨와 폴리니 씨를 위해 마련된 공연이 열릴 예정이었다. 대여섯 명의 무용수가 일급 무용수인 소렐리 양의 방으로 갑자기 들이닥쳤다.

　무용수들은 그냥 놀러 온 게 아니라 큰일이라도 당한 듯 놀라 비명을 질러 댔다. 금발머리에 매력적인 얼굴의 소렐리 양은 물러나는 두 사람의 지배인 앞에서 읽을 환송문을 들여다보고 있던 참이었다. 그런데 난데없이 무용수들이 몰려와 소란을 피우니 짜증이 났다.

　"아니, 뭐야? 왜들 그래?"

“유령이에요!”

무용수 가운데 한 명인 잠므가 외쳤다.

겁이 많은 소렐리 양은 그 말을 듣고 몸을 부르르 떨었다.

“네가 정말 봤어? 봤냐고?”

“정말이라니까요.”

몸이 통통한 잠므는 한숨을 크게 내쉬더니 서 있기도 힘든지 의자에 풀썩 주저앉았다.

옆에 있던 말라깽이 멕지리도 이렇게 덧붙였다.

“맞아요. 틀림없이 유령이었어요. 얼마나 무섭게 생겼는지 몰라요.”

“맞아! 맞아!”

여러 무용수들이 덩달아 맞장구를 쳤다.

무용수들의 말로는 검은 신사복 차림의 유령이 마치 땅에서 불쑥 솟아난 것처럼 갑자기 자신들 앞에 나타났다는 것이었다. 너무나 뜻밖의 일이라 벽에서 튀어나오는 것처럼 느껴졌다고 했다.

“요즘 오페라 극장에 자주 나타난다는 그 유령 같았어요!”

몇 달 전부터 오페라 극장에 검은 옷을 입은 유령이 돌아다닌다는 소문이 퍼졌다. 그 유령은 어느 누구와도 말을 나눈 적이 없고 사람들 눈에 띄면 연기처럼 사라져 버린다고 했다.

무용수들이 소렐리 양 앞에서 한창 유령 이야기를 하고 있을 때, 짐므가 문 밖을 가리키며 나직하게 말했다.

"쉿, 조용히 해 봐요. 무슨 소리가 들려요."

아닌 게 아니라 문 뒤쪽에서 뭔가 스쳐 지나가는 듯한 소리가 들렸다. 사람의 발소리는 아닌 듯했고 비단 옷감이 마룻바닥을 스치고 지나가는 소리 같았다.

모두 벌벌 떨고 있는데 소렐리 양이 용기를 내어 문 쪽으로 다가갔다.

"거기 누구 있어요?"

아무런 대답이 없자 소렐리 양은 문을 열고 밖을 내다보았다. 밖에는 아무도 없었다. 유리 속에서 희미한 호롱불만 흔들리며 타고 있었다.

소렐리 양은 가슴을 쓸어내리며 문을 힘차게 닫았다.

"아무도 없잖아?"

"하지만 틀림없이 봤다고요!"

짐므는 샐쭉한 얼굴로 말했다.

"어쩌면 유령이 지금 이 근처에서 어슬렁거리고 있을지 몰라요. 난 옷을 갈아입으러 가지 않을래요. 이제부턴 어디를 가든

지 떼를 지어 다녀야 할 거예요.”

짐므의 말을 듣고 소렐리 양은 피식 웃었다.

“얘들아, 제발 좀 진정해라. 세상에 유령이 어디 있니? 그건 누가 꾸며 낸 말이야. 유령을 두 눈으로 똑똑히 보았다는 사람이 없잖아?”

그러자 이번엔 말라깽이 멕지리가 나섰다.

“왜 없어요? 무대 감독 조셉 뷔케 씨가 보았다고 했어요.”

“그래? 유령이 어떻게 생겼대?”

“아주 마른 모습이었대요. 얼굴은 해골만 앙상해서 보기만 해도 소름이 쫙 끼쳤대요. 이마와 귀 뒤에 머리카락이 몇 가닥 있긴 했지만 한 마디로 해골바가지 같다고 하더군요. 뷔케 씨가 그 유령을 보고 뒤를 쫓아갔는데 얼마 안 가 흔적도 없이 사라져 버렸대요.”

멕지리의 말이 끝나기가 무섭게 짐므가 말을 이었다.

“용감하기로 소문난 소방대장 파펭 씨는 어떻고요. 파펭 씨가 순찰을 돌다가 유령을 만났대요. 그런데 소방대장이 만난 그 유령은 다른 사람들이 본 유령과는 모습이 완전히 달랐다고 하더라고요. 불이 붙은 듯 활활 타오르는 머리가 몸도 없이 공중에 둥둥 뜬 채로 다가왔대요. 소방대장은 얼굴이 하얗게 변해서는 등을 돌려 달아나고 말았대요.”

용감한 소방대장조차 달아났다는 말을 듣고 여러 무용수들은 벌벌 떨었다.

겁에 질려 아무도 입을 열지 못하고 있을 때, 멕지리가 중얼거리듯이 입을 열었다.

“조셉 뷔케 씨가 유령을 보았다는 이야기를 하지 말았어야 했는데……."

“그게 무슨 말이야?”

“우리 엄마가 그러는데 자꾸 유령 이야기를 하면 안 좋은 일이 생길지도 모른대.”

“너희 엄마가 뭘 안다고 그런 말을 하니?”

“몰라도 돼. 말하지 않을 거야.”

그러자 모든 무용수들이 궁금해서 멕지리를 둘러싸고 말해 달라고 보채기 시작했다. 친구들한테 시달리던 멕지리는 할 수 없다는 듯이 입을 열었다.

“그럼 모두 비밀을 꼭 지켜야 해. 사실은 말이야. 이런 이상한 일들이 모두 그 유령의 좌석 때문이래.”

“뭐, 유령의 좌석이라고?”

“그게 무슨 말이야? 오, 맙소사! 유령에게 좌석이 있다니!”

무용수들은 한숨을 뱉어 내며 멕지리의 다음 말을 기다렸다.

"있잖아, 무대 왼쪽 2층 5번 박스 좌석이 바로 그 유령의 전용 좌석이래."

"그게 정말이야?"

"정말이야. 우리 엄마가 좌석 안내를 맡고 있거든. 거긴 오래 전부터 유령의 전용 좌석이었대. 그 자리는 유령 말고는 아무도 들어갈 수가 없다는 거야. 유령이 다른 사람에겐 절대로 그 좌석을 주지 말라고 극장에 부탁했대."

그 말을 듣고 무용수들은 점점 호기심이 생겨 이것저것 물어보았다.

"그래, 유령이 그 자리에 오긴 한대?"

"물론이지."

"그럼 누가 봤을 것 아니야? 그런데 왜 지금까지 본 사람이 아무도 없지?"

"유령은 아무도 볼 수가 없대. 우리 엄마도 본 적은 없지만 목소리는 몇 번 들었대. 공연 프로그램을 유령의 좌석에 가져다 놓으면서 들었다는 거야."

가만히 듣고 있던 소렐리 양이 더 이상 참을 수 없다는 듯 불쑥 끼어들었다.

"멕지리, 너 지금 우리를 가지고 노는 거니? 네 마음대로 아무 이야기나 막 지어 내도 되는 거냐고?"

그러자 멕지리는 금방 눈물이라도 흘릴 것처럼 울상이 되었다.

"모두 엄마한테 들은 말이에요. 우리 엄마는 심심풀이로 말을 함부로 지어 내는 분이 아니에요. 엄마가 그랬어요. 남한테 유령 이야기를 하면 절대로 안 된다고요. 그런데 친구들이 하도 졸라 할 수 없이 말한 거예요. 엄마는 유령을 보았다고 떠들어 대는 조셉 뷔케 씨가 큰일을 당할지도 모른대요."

바로 그때였다. 문 밖 복도에서 다급한 발소리와 함께 숨이 턱에 찬 목소리가 들렸다.

"짐므, 거기 있니?"

짐므는 얼른 문을 열고 밖을 내다보았다.

"엄마, 무슨 일이에요?"

남자처럼 우람하게 생긴 짐므의 엄마가 겁에 질린 얼굴로 들어오더니 소파에 털썩 주저앉았다. 짐므의 엄마는 헐떡거리던 숨을 가라앉힌 뒤에야 간신히 입을 열었다.

"세상에 이런 일이……. 이렇게 끔찍한 일이 일어나다니!"

"엄마, 도대체 무슨 일인데 그래요?"

"조셉 뷔케 씨가……."

“조셉 뷔케 씨가 어쨌다는 거예요?”

“그 사람이 죽었어!”

그 한 마디에 방 안에 있던 무용수들은 동시에 ‘악!’ 하고 비명을 질렀다.

“엄마, 그분이 갑자기 왜 죽어요?”

“방금 무대 밑 지하에서 목을 맨 채 죽어 있는 것을 발견했다는구나. 무대 장치 기술자들 말로는 사람이 죽었을 때 부르는 노랫소리가 시체 주변에서 어렴풋이 들렸대.”

그 순간, 멕지리의 입에서 자기도 모르게 이런 말이 불쑥 튀어나왔다.

“그건 분명히 유령의 짓이야!”

멕지리는 자기도 모르게 그 말을 하고는 얼른 손으로 입을 막으며 다시 이렇게 둘러댔다.

“아냐. 난 아무 말도 안 했어. 난 몰라!”

하지만 다른 무용수들도 서로 얼굴을 마주 보며 나지막하게 수군거렸다.

“맞아. 틀림없이 유령의 짓이야! 바로 그 유령의 짓이야!”

애써 아무렇지도 않은 척하고 있던 소렐리 양은 얼굴색이 하얗게 변했다.

"이러다간 나도 환송문을 못 읽을 것 같아."

짐므의 엄마는 물을 한 컵 쭉 들이켜고 난 뒤 이렇게 말했다.

"사람들은 조셉 뷔케 씨가 목을 매 자살했다고 하지만 난 유령의 짓이라고 봐요. 성격 좋고 명랑한 조셉 뷔케 씨가 자살할 이유가 하나도 없거든요. 어유, 이제부터 겁나서 어떻게 극장 안을 돌아다닌담?"

무용수들은 춤을 추러 무도회장으로 가야 할 시간이 되었지만 겁이 나서 문 밖을 나서지 못했다.

한참 망설이던 무용수들은 큰 결심이나 한 듯 소렐리 양을 중심으로 똘똘 뭉쳐 겨우 복도로 나가 무도회장으로 우르르 몰려갔다.

새로운 가수

무용수들이 무도회장으로 가 보니 객석은 이미 발 디딜 자리가 없을 정도로 가득 차 있었다.

곧 특별 공연이 시작되었다. 구노, 생상스, 마스네 같은 훌륭한 음악가들이 직접 나와 악단을 지휘했다. 멋진 음악이 연주되면서 성악가들이 차례로 나왔는데 오늘의 주인공은 단연 크리스틴 다에였다.

크리스틴 다에는 로미오와 줄리엣에 나오는 대사를 노래로 불렀는데 아주 아름다운 목소리였다. 수많은 사람들은 크리스틴 다에의 노래를 듣고 깜짝 놀랐다.

"아니, 저 가수가 그 전에는 저렇게 잘 부르지 못했는데 어쩌

면 저렇게 달라졌지?"

"정말 대단해! 사람의 목소리가 아니라 천사의 목소리 같아!"

사람들은 크리스틴 다에의 노래가 끝나자 모두 자리에서 일어나 열렬한 박수를 보냈다. 박수 소리는 끝도 없이 이어졌다. 크리스틴 다에는 사람들이 뜨거운 박수를 보내자 너무 감격해 앙코르 곡을 연이어 세 곡이나 불렀다.

크리스틴 다에는 노래를 다 부르고 나니 힘이 쭉 빠졌다. 어찌나 기운이 없는지 그냥 서 있기도 힘들었다. 크리스틴이 중심을 잃고 비틀거리자 객석에서 보고 있던 라울이 걱정스러워 어쩔 줄 몰라 했다.

"형님, 크리스틴이 힘들어 보이는군요. 무대 뒤로 가서 위로해 줍시다."

샤니 백작은 그 말을 듣고 인상을 찌푸렸다.

"허어, 난 저 아이보다 네가 더 불편해 보이는구나! 도대체 넌 저 애한테 왜 그렇게 관심이 많으냐?"

"노래를 잘하잖아요. 형님, 무대 뒤로 가 봅시다."

라울이 계속 조르자 샤니 백작도 어쩔 수 없이 자리에서 일어났다.

샤니 백작은 프랑스에서 손꼽히는 가문에 태어나 아버지의 많은 재산까지 물려받았기 때문에 남부러울 것이 없는 사람이었다. 라울은 형보다 스무 살이나 어린데 해군 장교로 근무하다 얼마 전에 제대했다.

샤니 백작은 동생을 퍽 아끼기 때문에 군대에서 나오자 여기저기를 데리고 다니며 구경시켜 주었다. 라울은 아직 세상 경험이 별로 없는데다 해군에만 있었기 때문에 모든 게 다 신기했다. 오늘 처음 와 본 오페라 극장은 정말 대단했다. 마치 도시 한복판에 갖다 놓은 시골 촌닭처럼 라울은 어리둥절해했다.

오페라 극장은 아주 크고 공연 내용 또한 무척 화려했다. 방금 노래를 열정적으로 부른 크리스틴은 하늘에서 사뿐사뿐 걸어 내려온 선녀처럼 보였다.

샤니 백작은 동생 라울이 크리스틴한테 푹 빠졌다는 것을 눈치챘다. 실은 자신도 무용수인 소렐리 양을 좋아하고 있기 때문에 동생을 야단칠 입장은 못 되었다.

그래서 동생이 무대 뒤로 가 보자고 하자 못 이기는 척하며 뒤를 따라갔다.

무대 뒤로 가는 길은 아주 복잡했다. 정장을 입은 신사들과 공연을 마치고 빠져나가는 무용수들, 무대를 새로 꾸미기 위해 여러 가지 도구를 들고 가는 무대 장치 기술자들, 극장 관리자들,

무대 천장에서 미끄러져 내려오는 배경 그림 등 온갖 것이 마구 뒤섞여 어수선했다.

라울은 소용돌이처럼 복잡한 사람들 틈바구니를 잘도 뚫고 나갔다. 뒤따라가는 샤니 백작은 진땀이 나고 귀찮았지만 라울은 신바람이 나서 힘든 줄도 몰랐다. 자신의 마음을 빼앗아 간 천사 같은 가수를 가까이에서 볼 수 있다면 어떤 고생을 해도 힘들지 않을 것 같았다.

라울이 지금 만나러 가는 그 가수는 사실은 처음 보는 사람이 아니었다. 라울은 크리스틴을 어렸을 때부터 알고 있었다.

그래서 소꿉동무처럼 부담 없이 생각하려고 해도 왜 그런지 크리스틴만 보면 마음이 울렁거리고 가슴이 뛰었다. 아무리 마음을 다잡으려고 애써도 소용이 없었다. 마치 벼락을 맞은 것처럼 온몸에 전기가 통하는 느낌이 들었다.

라울은 밀물처럼 밀려오는 사람들을 헤치고 나가면서 마음속으로 생각해 보았다.

'내가 공연히 엉뚱한 짓을 하는 건 아닐까? 내가 크리스틴을 좋아하는 것은 한때의 감정일까, 아니면 오래도록 변하지 않는 감정일까?'

그건 자신도 정확히 알 수가 없었다. 다만 분명한 것은 지금 크리스틴을 만나지 않으면 가슴이 터져 버릴지도 모른다는 것이었다.

라울이 크리스틴이 있는 대기실로 들어갔더니 정신을 잃은 크리스틴에게 응급 조치를 하기 위해 의사가 와 있었다.

대기실 안은 가수를 직접 보러 온 사람들과 사인을 받으러 온 사람들로 북적였다. 라울은 대기실 안을 휙 둘러보고 나서 의사에게 말했다.

"의사 선생님! 사람들 때문에 환자가 숨도 못 쉬겠습니다. 이 사람들에게 나가 달라고 해야 하지 않겠습니까?"

"옳은 말씀입니다."

의사가 사람들을 밖으로 나가게 하자 방 안에는 의사와 라울, 그리고 심부름하는 하녀 한 사람만 남았다.

샤니 백작도 다른 사람들과 같이 밖으로 밀려났지만 동생이 재치 있는 말로 방 안에 남는 것을 보고는 씩 웃었다.

동생이 크리스틴 방에 들어가자 샤니 백작은 소렐리 양을 만나러 갔다.

한편, 정신을 잃었던 크리스틴은 의사의 치료 덕분에 겨우 깨어났다. 크리스틴은 방 안을 휘둘러보다가 라울을 보더니 소스라치게 놀랐다.

"당신은 누구신가요?"

라울은 얼른 무릎을 꿇고는 크리스틴의 손에 입을 맞추었다.

"제가 바로 당신의 스카프를 건지러 바다로 뛰어들었던 소년입니다."

크리스틴은 그 말을 듣고 웃음을 터뜨렸다.

크리스틴이 웃자 라울의 얼굴이 빨개졌다.

"아가씨! 저를 기억하시죠? 저는 오래전에 아가씨와…….."

라울이 말을 길게 늘어놓으려고 하자 크리스틴이 말을 막고는 의사를 불렀다.

"감사합니다! 이제 정신을 차렸으니 혼자 있고 싶군요. 모두 나가 주세요."

하녀만 남고 의사와 라울은 대기실 밖으로 나왔다. 의사가 가 버리자 방문 앞에는 라울 혼자뿐이었다.

복도는 깊은 물속처럼 조용했다. 모두들 전 지배인의 환송 행사에 참석하러 무도회장으로 몰려간 모양이었다.

라울은 크리스틴도 환송 행사에 가기 위해 곧 대기실에서 나올 것이라고 생각했다. 그래서 문 한쪽 옆에 서서 기다리고 있었다. 라울은 크리스틴이 나오기만 하면 얼른 달려가 사랑을 고백할 작정이었다.

그러고 있는데 하녀가 문을 열고 나왔다. 라울은 크리스틴이 자기와 단 둘이서만 이야기를 하고 싶어 하녀를 내보냈을 거라고 생각했다.

라울은 두근거리는 가슴으로 방문을 노크하려고 손을 들었다. 바로 그때, 안에서 남자 목소리가 흘러나왔다.

"크리스틴, 나를 사랑할 거지?"

그다음에는 크리스틴의 목소리가 들렸다.

"꼭 사랑한다고 말해야 하나요? 제가 당신을 위해 온 힘을 다해 노래를 불렀잖아요?"

라울은 그 말을 듣는 순간 가슴이 뻥 뚫리는 듯했다. 심장 뛰는 소리가 어찌나 큰지 지나가던 사람들이 다 들을 것만 같았다. 방 안에 있는 남자의 목소리는 계속 이어졌다.

"크리스틴, 무척 피곤해 보이는군."

"아, 내가 오늘 저녁에 노래를 얼마나 열심히 불렀는지 알아요? 당신에게 내 영혼을 바친 거나 다름없다고요. 그 바람에 이젠 죽을 지경이 되었어요."

"내 사랑이여, 잘했어요! 나를 위해 노래를 불렀다니 고맙게 생각하겠소. 당신의 노래가 얼마나 훌륭한지 천사들도 감격의 눈물을 흘렸을 거요."

그 말을 끝으로 남자의 목소리는 더 이상 들리지 않았다.

라울은 어둠 속에 몸을 숨긴 채 그 남자가 밖으로 나오기만을 기다리고 있었다.

'도대체 어떤 녀석이 크리스틴의 사랑을 차지한 걸까?'

그가 누구인지 알고 싶었다.

이대로 모른 척하고 물러날 수는 없었다. 그 순간, 문이 활짝 열리면서 누군가가 나왔다. 라울이 숨어서 엿보니 남자가 아니라 크리스틴이었다. 크리스틴은 혼자 밖으로 나오더니 복도를 지나갔다.

라울은 크리스틴이 지나가기를 기다렸다가 방문 쪽으로 다가갔다. 손잡이를 돌려 보았더니 다행히 문이 열렸다. 라울은 문을 열고 안으로 들어갔다.

가스등이 꺼져 있어서 방 안은 몹시 어두웠다. 라울은 아까 그 남자가 밖으로 나가지 못하도록 문을 막고 선 다음 불을 켰다. 가스등을 하나씩 켜 나갈수록 방 안이 차츰 밝아졌지만 남자는 어디에도 보이지 않았다.

"누구야? 왜 비겁하게 숨는 거냐? 어서 이리 나와라!"

라울은 방 안을 샅샅이 뒤졌다. 화장실도 열어 보고 옷장 안, 옷을 갈아입는 곳 등을 모두 뒤져 보았지만, 남자는 보이지 않았다.

“이게 어떻게 된 일이지? 하늘로 솟았나? 아니면 땅으로 꺼졌단 말인가? 귀신이 곡할 노릇이네.”

라울은 도깨비에 홀린 것 같아 정신이 멍해졌다.

라울은 맥없이 방 안에 서 있다가 더 이상 어떻게 해 볼 도리가 없어 밖으로 나왔다.

라울이 얼마쯤 걸어가자 몇 명의 일꾼들이 하얀 천으로 덮은 들것을 메고 오는 것이 보였다.

“그게 뭐요?”

라울이 묻자 한 일꾼이 퉁명스럽게 대꾸했다.

“무대 아래에서 발견된 조셉 뷔케 씨의 시체랍니다.”

라울은 섬뜩해져서 들것을 보지 않으려고 얼른 고개를 옆으로 돌렸다.

오페라 극장의 비밀

오페라 극장의 지배인이었던 드비엔느 씨와 폴리니 씨의 환송
식이 열렸다. 많은 사람들이 몰려와 무도회장을 꽉 채웠다. 소
렐리 양이 환송사를 읽을 차례가 되었다. 소렐리 양이 환송사를
막 읽으려고 하는 순간, 느닷없는 비명 소리가 울려 퍼졌다.

"오페라의 유령이다!"

비명 소리는 아직 열다섯 살밖에 안 된 짐므의 입에서 터져 나
왔다. 짐므가 손가락으로 가리킨 곳을 보니 검은 신사복을 입은
사람들 중에 얼굴이 해골처럼 생긴 사람이 끼어 있었다.

"오페라의 유령이에요! 저게 바로 오페라의 유령이라고요!"

그 소리를 듣고 어떤 사람은 배를 잡고 웃었고, 어떤 사람은

유령에게 술잔을 권하려고 달려들었다. 그러나 유령은 눈 깜짝할 사이에 사라져 버렸다.

그 소동 때문에 소렐리 양은 환송사를 제대로 읽지 못해 화가 났다. 드비엔느 씨와 폴리니 씨는 소렐리 양을 위로해 준 뒤에 새로 지배인이 될 몽샤르맹 씨와 리샤르 씨를 만나러 지배인 사무실로 올라갔다.

드비엔느 씨는 몽샤르맹 씨와 리샤르 씨에게 오페라 극장을 관리할 만능열쇠를 넘겨주면서 이렇게 말했다.

"으음, 이 만능열쇠는 아무 쓸모가 없으니 자물쇠를 만들도록 하쇼."

그 말에 리샤르 씨가 키득키득 웃었다.

"후후, 오페라 극장 안에 좀도둑이 자주 들어오나 보죠?"

그러자 폴리니 씨가 정색을 하며 말했다.

"좀도둑이라면 걱정할 게 뭐 있겠습니까? 좀도둑보다 훨씬 더 기분 나쁜 유령이 자주 나타나니까 문제지요."

리샤르 씨는 눈물이 나올 만큼 배를 잡고 크게 웃었다.

"하하하, 물러나시면서 우리를 위해 농담까지 하시는군요. 세상에 유령이 어디 있습니까?"

"허어, 농담이 아닙니다. 사실은 아무 말 하지 않고 조용히 물러가려고 했는데 조셉 뷔케 씨가 죽은 것을 보니 앞일이 걱정되어서 말을 안 할 수가 없군요."

"앞일이 걱정되다니요?"

리샤르 씨가 되묻자 드비엔느 씨는 주위를 돌아본 다음에 소곤거리듯이 나직한 목소리로 말했다.

"유령이 그냥 모습만 나타나는 게 아니라 우리에게 뭔가를 자꾸 요구하였습니다. 그러면서 요구를 안 들어주면 좋지 않은 사건들이 꼬리를 물고 일어날 거라고 겁을 주더군요. 그런데 오늘 조셉 뷔케 씨가 갑자기 죽은 걸 보니 유령이 슬슬 저주를 퍼붓기 시작하는 모양입니다."

리샤르 씨는 여전히 안 믿어지는 표정이었다.

"도대체 유령이 원하는 게 뭐요?"

그러자 폴리니 씨가 책상 서랍 속에서 서류 몇 장을 꺼내 가지고 왔다.

"자, 여기에 유령의 요구가 적혀 있습니다."

리샤르 씨는 얼른 폴리니 씨가 내민 서류를 쭉 훑어보았다. 서류 끝에는 오페라의 유령이 보낸 경고장이 붉은 잉크로 적혀 있었다.

경고장

1. 매달 2만 프랑을 오페라의 유령에게 보낼 것!

2. 공연을 할 때마다 2층 5번 박스 좌석은 오페라의 유령을 위해

비워 둘 것!

오페라의 유령

그 경고장을 보고 리샤르 씨뿐만 아니라 몽샤르맹 씨도 어처구니가 없어서 드비엔느 씨와 폴리니 씨를 번갈아 바라보았다.

"두 분이 그만두려는 이유를 이제야 알겠군요. 유령이 그처럼 까다롭게 구니 견딜 수가 없었던 모양이군요."

폴리니 씨는 고개를 끄덕이며 맞장구를 쳐 주었다.

"사실입니다. 달마다 2만 프랑을 주어야 하는데다 2층 5번 박스 좌석을 늘 비워 두려니 아까웠어요. 우리가 실컷 일해 봤자 유령에게 좋은 일만 하는 것 같아 영 기분이 언짢았습니다. 차라리 그만두는 게 마음 편할 것 같아서 물러나게 되었죠."

"아니, 그럼 그 5번 박스 좌석을 늘 비워 두었단 말입니까? 나 같으면 그까짓 경고쯤은 무시하고 다른 손님들한테 예약을 받았을 텐데요."

그 말을 듣고 드비엔느 씨가 눈을 휘둥그렇게 떴다.

"유령이 자기 것으로 정해 놓은 좌석을 다른 사람에게 내준다고요? 나 원 참, 어디 한번 마음대로 해 보시오! 어떤 일이 벌어지나……."

드비엔느 씨는 말이 안 통하는 사람들과는 더 이상 이야기를 하고 싶지 않은 모양이었다.

"저희들은 이만 물러가겠습니다."

드비엔느 씨가 인사를 하고 나가려 하자 리샤르 씨가 한 가지를 더 물었다.

"잠깐만요, 그런데 왜 이제까지 유령을 체포할 생각을 안 했나요? 나 같으면 경찰에 알려서 유령을 잡았을 텐데요."

드비엔느 씨와 폴리니 씨는 차례로 이렇게 대답했다.

"유령을 본 적도 없는데 어떻게 체포한단 말입니까?"

"우리도 할 만큼 했지만 유령을 이길 수는 없더군요. 당신들은 우리보다 더 영리하니까 잘해 보시구려."

그 말을 남기고 두 지배인이 사무실을 나가자 몽샤르맹 씨와 리샤르 씨는 코웃음을 치며 웃었다.

"흥, 저렇게 어리석은 사람들이 지금까지 어떻게 지배인 노릇을 했을까?"

"그러게 말이오. 허풍쟁이들이 높은 자리에 앉아 거드름만 피

웠군그래!"

두 사람은 보이지도 않는 유령 때문에 쩔쩔맨다는 것이 도무지 이해가 되지 않았다.

그날부터 오페라 극장에서는 새로운 지배인이 일을 시작했다. 리샤르 씨와 몽샤르맹 씨는 아름다운 오페라 극장을 관리하게 된 것이 기뻤다. 두 사람은 가수와 무용수, 그리고 많은 직원들에게 일일이 인사를 받느라 며칠 동안 정신이 없었다.

며칠이 지난 어느 날이었다. 리샤르 씨가 아침에 출근하자 비서인 레미가 우편물을 가져다주었다. 대여섯 통의 편지 중에서 붉은 잉크로 쓴 편지가 눈에 띄었다.

어디선가 본 적이 있는 눈에 익은 글씨였다.

'저런 글씨체를 어디서 보았더라?'

리샤르 씨는 편지 겉봉을 뜯으면서 고개를 갸웃거렸다. 편지를 뜯어 본 리샤르 씨는 비로소 오페라의 유령이 쓴 편지라는 것을 깨달았다.

친애하는 지배인 선생,

새로 오페라 극장의 관리를 맡아서 바쁘실 텐데 이런 편지를 드리게 되어 죄송합니다.

예전 지배인이었던 드비엔느 씨와 폴리니 씨는 내 부탁을 잘 들어주었는데 새로 지배인이 된 선생께서는 내 말을 무시하니 도저히 참을 수가 없군요.

선생이 아무 일 없이 잘 지내고 싶다면 내 지정석을 절대로 빼돌리지 말기 바랍니다. 내 지정석을 다른 사람에게 마음대로 준다면 앞으로 어떤 불행한 일이 일어날지 모릅니다. 평화를 원한다면 내 부탁을 꼭 들어주시오!

오페라의 유령

리샤르 씨가 편지를 다 읽었을 때, 몽샤르맹 씨도 똑같은 내용의 편지를 들고 급하게 걸어왔다. 두 사람은 서로를 멀뚱멀뚱

바라보다가 동시에 웃음보를 터뜨렸다.

"우하하! 아직도 그 두 사람의 썰렁한 장난이 끝나지 않았군."

"쳇, 유령의 이름을 빌려 우리에게 겁을 주려고 하다니. 자기들이 오페라 극장을 관리한 적이 있으니 2층 박스석 하나쯤은 비워 달라고 이런 짓을 하는가 보군!"

두 사람은 의논 끝에 그래도 전 지배인들이니 체면을 생각해 한두 번쯤은 2층 박스석을 비워 주기로 결정했다. 두 지배인은 그날 가수와 무용수들의 계약 기간을 다시 정하느라 하도 바빠서 2층 박스석에 올라가 볼 틈이 없었다.

다음 날 아침이었다. 리샤르 씨와 몽샤르맹 씨는 각각 두 통의 편지를 받았는데 한 통은 유령에게서 온 편지였다.

친애하는 지배인 선생!

우선 멋진 공연을 보여 주신 점은 감사드립니다!

크리스틴 다에는 실력이 뛰어나니 앞으로 더 많이 출연하게 해 주시면 좋겠습니다. 그리고 나에게 지불할 돈(1년분 24만 프랑)을 빠른 시간 내에 보내 주시기 바랍니다. 기다리고 있겠습니다.

그럼, 오페라 극장의 발전을 빌며, 이만!

오페라의 유령

나머지 한 통은 드비엔느 씨와 폴리니 씨에게서 온 편지였다.

　안녕하세요?

　신경을 써 주셔서 감사합니다. 하지만 「파우스트」가 아무리 멋진 공연이라고 해도 우리는 유령의 지정 좌석인 2층 5번 박스석에서 볼 생각은 없습니다. 생각만 해도 끔찍하거든요. 그 자리는 유령을 위해 비워 주시기 바랍니다.

　그럼 안녕히 계십시오.

리샤르 씨는 편지를 다 읽은 뒤에 편지지를 박박 찢으며 화를 버럭 냈다.

"이 사람들이 도대체 뭘 원하는 거야? 우릴 장난감처럼 가지고 노는군."

몽샤르맹 씨도 기분이 나쁜 것은 마찬가지였다.

"그렇다면 그 2층 5번 박스석을 비워 두지 말고 다른 사람에게 내줍시다."

그날 저녁에 2층 5번 박스석을 손님에게 내주었다.

다음 날 아침, 리샤르 씨는 2층 5번 박스석에서 무슨 일이 일어나지는 않았나 싶어서 비서를 불러 물어보았다.

비서 레미는 어젯밤에 일어난 사건에 대해 이야기했다.

"말도 마십시오. 그 2층 5번 박스석에 마니에라 씨와 부인이 앉았는데 무슨 일인지는 모르지만 두 사람이 소리를 지르며 싸우더군요. 하도 시끄럽게 굴어서 주위 손님들이 내보내라고 아우성을 칠 정도였습니다. 그래서 경비원을 불러 두 사람을 밖으로 내보냈지요."

리샤르 씨는 어젯밤에 근무했던 경비원을 불렀다. 경비원이 들어오자 리샤르 씨는 다짜고짜로 따지듯이 물었다.

"이봐요, 경비원 아저씨! 어젯밤 2층 5번 박스석에서 이상한 점을 발견하지 못했나요?"

늙은 경비원은 어젯밤에 있었던 일을 한참 더듬어 보다가 문득 생각난 것이 있는지 입을 열었다.

"저는 두 사람을 끌어 내느라 특별히 본 것이 없는데 2층 좌석을 안내하는 여자 안내원이 그러더군요. 그 5번 박스석에서 무슨 소리를 들었다고요."

"알았소. 그럼 당신은 이만 가 보시오. 앞으로 혹시 누가 묻거든 직접 보지도 않은 유령에 대해서 이러쿵저러쿵 이야기하면 안 됩니다."

리샤르 씨는 경비원을 내보낸 뒤에 여자 안내원을 불렀다.

"이름이 무엇이오?"

리샤르 씨가 묻자 여자 안내원이 다소곳이 대답했다.

"지리 부인이라고 불러 주십시오. 무용수인 멕지리의 엄마 되는 사람입니다."

"아, 그래요? 당신이 2층 5번 박스석에서 무슨 소리를 들었다고 했나요?"

"그러지 않아도 제가 지배인님을 찾아뵙고 모든 걸 말씀드리려고 했습니다. 예전 지배인이었던 드비엔느 씨와 폴리니 씨처럼 험한 꼴을 당하면 안 되니까요."

그 말을 듣고 리샤르 씨는 발끈하며 화를 냈다.

"난 다른 이야기는 듣고 싶지 않소. 어젯밤에 일어난 일에 대해서나 이야기해 봐요."

"아, 어제 저녁 일은 사람들이 유령을 귀찮게 해서 일어난 일입니다."

"뭐, 뭐라고요? 지금 뭐라고 했소? 엉?"

성질이 급한 리샤르 씨가 큰 소리로 호통을 치려고 하자 몽샤르맹 씨가 가까스로 말렸다. 몽샤르맹 씨는 리샤르 씨를 대신해서 계속 이야기를 끌고 나갔다.

"좋아요. 계속 이야기해 보시오. 그 5번 박스석에 정말 유령이 있단 말입니까?"

"그럼요. 저도 박스석에서 유령을 직접 보지는 못했지만 목소리는 들었어요."

"그래, 무슨 소리를 들었습니까?"

"작은 의자를 하나 가져다 달라고 하더군요."

몽샤르맹 씨는 도무지 믿어지지 않았지만 어차피 꺼낸 이야기이니 끝까지 들어보기로 했다.

"허허, 작은 의자가 필요하다면 그 유령은 여자인가 보군요?"

"아니요, 유령은 남자예요."

"어떻게 그걸 압니까?"

"유령이 남자 목소리를 냈으니까요. 제법 듣기 좋은 목소리였어요."

"혹시 그 5번 좌석이 아니라 다른 자리에서 소리가 난 것을 잘못 들은 건 아닌가요?"

"그건 절대로 아닙니다. 그때 5번 박스석의 왼쪽과 오른쪽은 모두 텅텅 비어 있었으니까요. 좌석을 안내하는 제가 그 정도도 모르고 말하겠습니까?"

몽샤르맹 씨는 점점 더 알 수가 없어서 한 손으로 콧수염을 매만지며 물었다.

“그래서 작은 의자를 가져다 주었습니까?”

“그랬지요. 그건 아마 유령이 필요해서가 아니라 아내를 위해 주문했을 겁니다. 물론 그녀 역시 눈으로 직접 보지는 못했지만 5번 박스석에 여자용 부채가 남아 있어서 짐작을 했습니다.”

그때 참고 있던 리샤르 씨가 거친 목소리로 쏘아붙였다.

“당신이 그런 허튼소리를 마구 지어 내는지 우리가 알 게 뭐요? 무슨 증거가 있으면 말해 봐요. 당신말고 또 누가 유령의 소리를 들었느냔 말이오.”

“한 번은 폴리니 씨가 직접 5번 박스석을 조사해 본다고 들어간 적이 있었습니다. 그랬는데 들어간 지 얼마 안 되어서 폴리니 씨가 얼굴이 하얗게 변한 채로 다급하게 뛰어 나오더라고요. 제가 ‘어디 가세요?’ 하고 물었지만 정신이 나갔는지 어디로 가고 있는지도 모르는 것 같았어요. 그뿐만이 아니에요.”

“그뿐만이 아니라니? 또 뭐요?”

“공연이 끝날 때마다 유령한테 팁을 받았답니다.”

“뭐, 뭐라고요? 정말 그만 좀 웃겨요! 보이지도 않는 유령한테 어떻게 팁을 받는단 말이오?”

“아이 참, 내가 어디 직접 받았다고 했나요? 팁은 박스 좌석 탁자 위에 놓여 있었어요. 심지어는 함께 온 아내가 떨어뜨리고 갔는지 장미꽃 송이도 있었고 한 번은 여자용 부채도 놓아두고 갔더라고요."

"알겠소. 이제 그만 돌아가시오."

리샤르 씨는 지리 부인의 말을 더 이상 듣고 싶지 않았다.

유령을 믿는 정신 나간 여자하고 이야기를 나눠 봐야 별 도움이 될 것 같지 않았다. 지리 부인이 예의 바르게 인사하고 나가자 리샤르 씨가 몽샤르맹 씨에게 말했다.

"유령이 있다고 헛소문을 퍼뜨리는 저런 엉터리 직원은 당장 쫓아냅시다!"

"그럽시다. 나도 도무지 이해가 안 가는군요."

두 지배인은 곧 2층으로 올라가 5번 박스석을 직접 점검해 보기로 했다.

신들린 바이올린

　지난번 공연에서 큰 성공을 거둔 크리스틴은 다음 공연 때까지 잠시 쉬고 있었다.

　크리스틴은 자신이 그처럼 노래를 잘할 수 있었다는 것이 믿어지지 않았다. 사람들이 자신을 향해 보낸 엄청난 박수 소리가 지금도 귓가에 쟁쟁하게 남아 있었다.

　많은 사람들의 칭찬을 듣고 나니 다음 공연에서 잘하지 못하면 어떡하나 걱정이 되었다.

　크리스틴은 다음 공연에 대비해 기운을 차리고 노래 연습을 하느라 밖에는 거의 나가지 않았다.

　그런데 기분 전환도 할 겸 시골에 갔다 올 일이 생겼다. 아버

지의 제삿날이 다가온 것이다.

크리스틴은 시골로 떠나기 전에 라울에게 답장을 한 통 띄웠다. 라울은 날마다 크리스틴의 집 주변을 맴돌며 크리스틴을 기다리고 있었다. 하지만 크리스틴이 통 보이지 않자 라울은 가슴이 바짝바짝 탔다.

'혹시 많이 아픈 건 아닐까? 제발 한 번만이라도 볼 수 있으면 좋을 텐데…….'

라울은 혼자 고민하다가 크리스틴에게 편지를 보냈다.

제발 집에 한 번이라도 찾아갈 수 있게 해 달라는 내용이었다. 라울은 크리스틴에게서 답장이 오자 얼른 봉투를 뜯어 보았다.

라울 씨!
저는 아직도 옛날에 만나서 놀던 일을 잊지 않고 있습니다.
곧 고향에 갈 예정이라 당장은 만나기가 어렵습니다.
다음에 뵙겠습니다. 안녕히 계세요!

라울은 그 편지를 읽자마자 열차 시간을 알아본 다음에 급히 마차를 탔다. 마차를 타고 역으로 달려갔더니 이미 기차 한 대는 떠나고 없었다. 다른 기차는 저녁까지 기다려야만 했다.

라울은 하루 종일 역에서 기다린 끝에 겨우 기차를 탈 수 있었다. 라울은 기차에 오른 뒤에도 크리스틴이 보낸 편지를 몇 번이나 읽고 또 읽었다. 크리스틴이 보낸 편지지에서 그윽한 향기가 배어나오는 것 같았다.

라울은 기차가 라농 역에 닿자 페로기렉으로 가는 마차를 탔다. 마부에게 물어보니 어제 저녁에 파리에서 온 듯한 아가씨가 '석양'이라는 여관 앞에서 내렸다고 했다.

'흠. 크리스틴이 틀림없어! 다행히 혼자 온 모양이구나!'

라울은 기뻐서 가슴이 마구 뛰었다. 이제 크리스틴을 만나기만 하면 누구의 방해도 받지 않고 둘이 정답게 이야기를 나눌 수 있을 것 같았다.

덜컹거리는 마차를 타고 가면서 흙먼지가 날리는 시골길을 보고 있자니 옛 추억들이 라울의 눈앞에 몽실몽실 피어올랐다.

크리스틴은 시골에서 농부의 딸로 태어났다. 어머니는 여섯 살 때 돌아가시고 아버지 혼자 크리스틴을 키웠다. 그녀의 아버지는 농부였지만 바이올린 연주를 아주 잘했다. 라울은 여태까지 크리스틴의 아버지보다 바이올린을 잘 켜는 사람을 본 적이 없었다.

크리스틴의 아버지는 크리스틴이 어렸을 때부터 음악을 가르쳐 주었다. 그리고 크리스틴을 잘 키워 보려고 땅을 팔아 도시로 갔지만 벌어먹고 살 재주가 없었다. 그래서 바이올린을 켜며 여기저기를 떠돌아다녔다. 그러다가 우연히 음악가인 발레리우스 교수를 만나 많은 도움을 받게 되었다. 크리스틴은 발레리우스 교수를 따라 파리로 가 본격적으로 음악 교육을 받았다.

크리스틴의 생활은 안정이 되었지만 그녀의 아버지는 나이를 먹으면서 건강이 나빠졌다. 아버지는 몸이 아픈데다 고향에 대한 그리움이 겹쳐서 자다가 헛소리까지 했다.

발레리우스 교수 부부는 휴가철이 되자 크리스틴의 아버지를 위해 바다와 가까운 페로기렉으로 갔다. 그곳은 공기가 맑고 경치가 좋아 아버지의 건강에 큰 도움이 되었다.

라울이 크리스틴을 만난 것은 바로 그 무렵이었다. 크리스틴이 바닷가를 거닐고 있는데, 바람이 불어와 목에 맨 스카프가 날아가서 바닷물에 빠지고 말았다. 그걸 본 라울이 바닷물 속으로 뛰어들어 스카프를 건져 왔다. 라울이 물이 뚝뚝 흐르는 스카프를 건져 오자 크리스틴은 크게 감동해 라울의 뺨에 키스를 해 주었다. 그게 인연이 되어 소년과 소녀는 거의 매일 만나 시간 가는 줄 모르고 놀았다.

라울은 크리스틴의 아버지한테 바이올린도 배우고 옛날 이야

기도 많이 들었다.

크리스틴의 아버지는 옛날 이야기를 아주 재미있게 했는데 이야기마다 꼭 등장하는 것은 음악의 천사였다.

크리스틴의 아버지는 아이들에게 이런 말을 했다.

"훌륭한 음악가라면 누구나 한 번쯤은 음악의 천사를 만나게 될 거야. 음악의 천사를 만나 영감을 받아야만 남과 다른 음악가가 될 수 있어. 그런데 그 음악의 천사는 게으르거나 노력을 하지 않는 사람에겐 찾아오지 않아. 열심히 노력해야 찾아오는 거야."

그때 어린 크리스틴이 초롱초롱한 눈으로 이렇게 물었다.

"아빠는 음악의 천사를 만났어요?"

"아냐. 난 못 만났어. 하지만 넌 꼭 만나게 될 거야. 내가 죽어서 하늘 나라로 가면 반드시 너에게 음악의 천사를 보내 주마. 자, 손가락 걸고 약속할게."

여름 휴가 기간이 지나고 라울과 크리스틴은 헤어지게 되었다. 두 사람은 몇 년이 지난 뒤에 다시 만났는데 어쩐지 어색하기만 했다. 크리스틴을 좋아하는 라울의 마음은 변함이 없었지만 두 사람이 결혼하기에는 신분 차이가 워낙 컸다.

라울은 백작 집안의 아들이라 농부의 딸인 크리스틴과는 도저히 결혼할 수 없었다. 크리스틴은 라울에게 쏠리는 마음을 억누르느라 음악에만 온 힘을 쏟았다. 크리스틴의 노래 실력은 점점 좋아져 많은 대회에 나가서 상을 휩쓸 정도가 되었다.

그렇게 나가면 몇 년이 안 되어 세계 최고의 성악가가 될 수 있을 것만 같았다.

그런데 불행하게도 크리스틴의 아버지가 갑자기 세상을 떠났다. 아버지가 세상을 떠나자 크리스틴은 모든 것이 시들해졌다. 음악에 대한 열정도 찬 서리를 맞은 국화처럼 시들어 버렸다. 그래서 노래 연습도 하지 않고 빈둥빈둥 놀면서 시간을 보냈다. 그러다가 밥벌이를 하기 위해 오페라 극장에 들어갔다. 오페라 극장의 가수가 된 뒤에도 먹고살기 위해 노래를 했지만 크게 인정을 받지는 못했다.

그랬는데 물러나는 드비엔느 씨와 폴리니 씨를 위해 특별 공연을 여는 날 밤엔 전혀 다른 모습으로 확 바뀌어 노래를 아주 잘 불렀던 것이다.

라울은 그날 형님을 따라 오페라 극장에 왔다가 뜻밖에도 크리스틴을 보게 되었고 옛날의 추억이 떠올라 가슴이 막 뛰었다. 라울은 크리스틴을 다시는 놓치고 싶지 않아 무대 뒤까지 찾아가서 만났던 것이다.

'크리스틴이 보낸 답장을 보면 날 알아본 것이 분명한데 왜 무대 뒤에서는 웃기만 하고 모른 척했을까? 혹시 벌써 좋아하는 애인이 생긴 걸까? 아니면 내가 귀족의 아들이라서? 난 형님이 반대를 하더라도 크리스틴과의 사랑을 이루고 말 거야. 어떤 일이 있더라도.'

라울이 그런 생각을 하고 있는 동안에 마차가 '석양'이라는 여관 앞에 도착했다. 그 여관은 크리스틴의 친척인 트리카르가 운영하는 곳이었다.

라울은 어린 시절을 떠올리며 낡은 여관 안으로 들어갔다. 문을 열고 들어가자 트리카르 아줌마가 라울을 알아보고 반갑게 맞아 주었다.

"오, 라울! 어쩐 일이에요? 참 오랜만이군요."

"네, 안녕하세요? 반갑습니다. 크리스틴은 어디 있습니까?"

"아, 크리스틴을 만나려고 일부러 찾아왔군요. 잠시 기다려요. 내가 불러 올 테니."

조금 뒤 문이 열리며 크리스틴이 들어왔다.

"크리스틴! 나요, 라울!"

"오셨군요. 그렇잖아도 누군가 제게 당신이 찾아올 거라고 말해 주었어요."

라울은 크리스틴의 손을 덥석 잡으며 물었다.

"아니, 누가 알려 주었나요?"

"글쎄요, 돌아가신 아버지가 아닐까요?"

두 사람은 마주 보고 의자에 앉았지만 잠시 말이 없었다.

라울은 용기를 내어 이렇게 말했다.

"당신 아버지께서 내가 당신을 사랑한다고 말하지는 않던가요? 당신 없이는 살 수 없다는 말도 했을 텐데."

그 말을 듣는 순간, 크리스틴은 얼굴이 빨개지더니 얼른 고개를 돌렸다. 그러고는 떨리는 목소리로 이렇게 말했다.

"아, 아니에요. 우린 친구잖아요?"

크리스틴은 일부러 아무렇지 않은 척 큰 소리로 웃었다.

"웃지 마세요, 크리스틴! 난 진심이에요. 당신이 무슨 생각을 하고 답장을 썼는지 모르지만 난 당신을 사랑하기 때문에 여기까지 달려온 거요."

"제가 답장을 써서 마음을 혼란스럽게 했다면 죄송해요. 난 당신이 무대 뒤로 찾아온 걸 보고 어릴 때의 추억이 생각나서 편지를 썼던 거예요. 너무 힘든 나머지 위로를 받고 싶었나 봐요."

크리스틴은 뭔가 힘든 일이 있는 것처럼 보였다.

라울은 미심쩍은 것이 있어서 물어보았다.

“내가 대기실로 당신을 찾아갔을 때 나를 알아보았나요?”

“그럼요. 세월이 지났다고 당신을 몰라볼 리가 있나요?”

“그런데 왜 반갑다는 말을 하지 않고 웃기만 했죠?”

크리스틴은 아무 대답도 하지 않고 라울만 빤히 바라보았다.

“대답을 못 하는군요. 그럼 내가 대신 대답해 줄게요. 바로 그 대기실에 누군가가 있어 꺼림칙했을 겁니다. 나 말고 좋아하는 사람이 따로 있죠? 내 말이 틀렸습니까?”

“대체 무슨 말을 하는 거죠? 다른 남자라니요?”

“당신이 이렇게 말했잖아요? ‘당신에게 내 영혼을 바친 거나 다름없어요.’라고요. ‘그 바람에 이젠 죽을 지경이 되었어요.’라고 말하기도 했죠. 그 남자가 누굽니까?”

크리스틴은 갑자기 라울의 팔을 와락 붙들었다.

“그, 그럼 당신이 문 뒤에서 엿들었단 말인가요?”

“그렇소! 나는 당신을 사랑하기 때문에 나 말고 또 누가 당신을 사랑하는지 알고 싶어 엿들었던 거요.”

크리스틴은 라울을 뚫어지게 바라보더니 눈물을 뚝뚝 흘렸다. 그러고는 몸을 휙 돌려 방 안으로 들어가더니 문을 닫고 나오지 않았다.

사흘이 지났다. 라울은 크리스틴이 만나 주지 않자 식사할 기분도 나지 않았다. 하루하루 우울하게 지낼 뿐이었다.

라울은 트리카르 아줌마를 통해 크리스틴이 성당이나 아버지 묘지 주변에서 주로 시간을 보낸다는 말을 들었다.

그 말을 듣자마자 라울은 크리스틴 아버지 무덤이 있는 공동 묘지로 달려갔다. 묘지는 성당 뒤뜰에 있었는데 문을 밀고 안으로 들어가니 수백 개의 해골과 뼈다귀들이 담벼락 한 귀퉁이에 아무렇게나 쌓여 있었다.

라울이 을씨년스러운 풍경을 보면서 몸서리를 치고 있는데 갑자기 뒤에서 사람 그림자가 나타났다.

라울은 소름이 쫙 끼쳐서 얼른 돌아다보았다. 언제 왔는지 크리스틴이 가까이에 서 있었다.

"귀신이 나올 것 같죠?"

"아, 언제 왔소?"

"라울, 오늘 당신에게 아주 중요한 이야기를 해 드리겠어요." 크리스틴의 목소리가 떨리고 있었다.

라울은 숨을 죽인 채 다음 말을 기다렸다.

"라울, 기억나요? 음악의 천사에 대한 말을."

"기억나고말고요. 당신의 아버지가 해 준 이야기잖아요."

"아빠가 나보고 '애야, 내가 하늘나라에 가면 음악의 천사를

너에게 보내 주마.'라고 하셨는데, 약속한 대로 그 음악의 천사
가 저를 찾아왔어요."

"마음속으로 느낀다는 말인가요? 노래 연습을 하다가 힘들면
그런 생각을 할 수도 있겠지요. 천사가 도와주어야 더 잘할 수
있을 거라는 믿음 말이에요."

라울은 별 생각 없이 그런 말을 내뱉었다.

하지만 크리스틴은 말을 꺼내기가 힘든지 한참을 망설였다.

"그게 아니라 음악의 천사가 날마다 대기실로 찾아와 내게 노
래를 가르쳐 주었어요."

"뭐라고요? 꿈속에서가 아니라 정말 나타나서 노래를 가르쳐
주었다고요?"

"네, 당신도 들은 것처럼 그 대기실에서 천사의 음성을 들으며
노래 공부를 했어요. 하지만 그 천사를 눈으로 직접 보지는 못
했어요."

"에이, 거짓말하지 마세요. 나도 분명히 그 목소리를 들었는
데 천사라니요? 어떤 남자를 숨겨 놓고 천사라고 핑계를 대는
거죠? 흥, 누가 속을 줄 알아요?"

라울이 빈정대자 크리스틴은 더 이상 말을 하기 싫은지 등을
돌렸다. 라울이 급히 크리스틴의 어깨를 붙잡았지만 크리스틴

은 냉정하게 뿌리쳤다.

"이거 놔요. 날 그냥 내버려 두라고요."

크리스틴은 화가 난 듯이 저쪽으로 뛰어가 버렸다.

라울은 풀이 죽은 채 방으로 돌아왔다. 크리스틴과 친하게 지내고 싶은데 자꾸 일이 꼬이니 속이 상했다. 다정한 말을 하려고 했는데 정작 입 밖으로는 비꼬는 말이 나와 버렸다.

라울은 혼자서 쓸쓸하게 저녁 식사를 하고 책을 읽다가 잠자리에 누웠다. 그러나 잠이 오지 않았다. 라울은 눈을 말똥말똥 뜨고 이 생각 저 생각을 했다.

그러고 있을 때 누가 계단을 내려가는 소리가 들렸다. 발소리가 크리스틴 같았다. 시계를 보니 밤 11시 45분이었다. 라울은 정신이 번쩍 들어 얼른 옷을 입고 밖으로 나갔다. 검은 그림자는 날렵한 발걸음으로 걸어가고 있었다.

라울은 눈치채지 않게 뒤를 따라갔다. 검은 그림자는 묘지 쪽으로 향하고 있었다. 급히 서두르는 것으로 보아 밤 12시에 맞춰서 묘지에 도착할 모양이었다. 묘지 안으로 들어가니 달빛이 환하게 쏟아졌다.

크리스틴은 아버지의 무덤 앞에 무릎을 꿇고 앉아 기도를 드렸다. 12시를 알리는 성당 종이 울리자 난데없이 어디선가 음악

을 연주하는 소리가 들려왔다. 바이올린 소리였다. 그런데 놀랍게도 옛날의 크리스틴 아버지가 연주한 것과 같은 곡이었다. 어찌나 연주를 잘하는지 사람의 솜씨라고는 믿어지지 않았다. 천사가 땅으로 내려와 연주를 하는 듯했다.

한밤중에 해골들이 널린 묘지 안에서 신들린 바이올린 소리를 들으니 마치 천국에 온 듯한 기분이 들었다. 라울은 정신이 반쯤 나간 채 멍하니 음악을 듣고 있었다.

다행히 음악은 곧 그쳤다. 그때 검은 그림자 하나가 해골들이 쌓여 있는 틈바구니에서 나오더니 성당 쪽으로 달려갔다.

라울은 검은 그림자를 뒤따라가 옷자락을 거머쥐었다. 라울이 옷을 확 잡아채는 순간 검은 그림자의 얼굴이 잠깐 보였는데, 그 순간 라울은 정신을 잃고 말았다. 라울이 본 것은 해골이었다. 그것도 살아서 움직이고 있는…….

유령의 저주

리샤르 씨와 몽샤르맹 씨는 2층 5번 박스석을 조사하기 위해 극장으로 들어갔다. 공연을 하고 있지 않아서 극장 안은 어두컴컴했다. 두 사람은 5번 박스석 가까이 갔을 때 박스석에 희끄무레한 것이 있는 것을 보았다.

"저게 무엇일까?"

리샤르 씨에게는 늙은 할머니 얼굴처럼 보였고, 몽샤르맹 씨에게는 해골같이 보였다. 두 사람이 꼼짝도 못 하고 서 있는 동안에 그 희끄무레한 것은 슬그머니 사라져 버렸다. 두 사람은 극장 안이 어둡기 때문에 자신들이 잘못 본 것이라 생각했다.

그래서 용기를 내어 5번 박스석 안으로 들어가 보았다. 역시

박스석은 텅 비어 있었다. 혹시나 싶어서 의자 주변을 샅샅이 뒤져 보았지만 이상한 점을 발견할 수 없었다.

리샤르 씨는 박스석을 다 뒤져 본 다음에 이렇게 말했다.

"전 지배인과 안내원이 우리를 가지고 논 거야. 좋아, 이번 토요일에 이 5번 박스석에서 공연을 관람해 보자고. 그래도 이상이 없으면 유령이 있다는 건 완전히 헛소문인 거야!"

토요일 아침이 되었다. 두 사람이 출근해 보니 책상 위에 오페라의 유령이 보낸 편지가 놓여 있었다.

의심이 많은 지배인 선생!

나와 전쟁을 벌일 생각입니까? 만약 그게 아니라면 내 지정석을 돌려주시기 바랍니다. 그리고 주인공 역할은 크리스틴이 맡도록 해 주시고, 쫓아낸 지리 부인을 당장 데리고 와서 그전처럼 안내를 맡겨 주었으면 좋겠습니다.

내 말대로 하지 않는다면 오늘 저녁 공연에서 어떤 일이 벌어지는지 두 눈 똑똑히 뜨고 보도록 하세요.

그럼, 오페라 극장의 발전을 빌면서, 이만!

오페라의 유령

“이거 정말 짜증나게 만드는군!”

리샤르 씨는 주먹으로 책상을 ‘쾅’ 내리쳤다.

그때 극장의 부지배인인 메르시에가 들어왔다.

“라슈날이 급한 일이 생겼다며 지배인님을 뵙자고 합니다.”

“라슈날이 뭐 하는 사람이오?”

“우리 극장 전속 마부장입니다. 극장에서는 공연에 쓸 말을 열두 마리나 키우고 있는데 그 말들을 돌보는 마부들의 책임자입니다.”

“좋소. 들어오라고 하시오.”

라슈날 씨가 급하게 들어왔다. 그는 손에 채찍을 쥔 채 장화 한쪽을 신경질적으로 두드리며 말했다.

“가장 좋은 말 한 마리를 감쪽같이 도둑맞고 말았습니다. 책임을 지라면 저와 마부들이 모두 사표를 쓰겠습니다만, 아무래도 미심쩍은 게 있습니다.”

“미심쩍은 게 뭐요?”

“드디어 유령이 우리에게 한 방 먹인 겁니다.”

그 말을 들은 리샤르 씨는 화들짝 놀랐다.

“아니, 이런! 당신마저도 유령 탓을 하다니!”

“검은 그림자가 말에 올라타더니 바람처럼 말을 몰고 사라져 버렸습니다. 제가 아무리 뒤쫓아가도 소용이 없더군요. 정말 눈 깜짝할 순간이었습니다. 유령이 아니라면 누가 그런 짓을 하겠습니까?”

“알겠소. 라슈날 씨! 그 유령한테 찾아가 이제부터 당신이 뭘 해먹고 살면 좋은지 한번 물어보시오!”

“그럼 우리 마부들을 모두 내쫓는 겁니까?”

“물론이오. 잘 가시오!”

라슈날 씨가 나가자마자 리샤르 씨는 노발대발했다.

“뭐 저런 엉터리 자식이 다 있어? 말을 잃어버려 놓고 유령 탓을 하다니!”

그러고 있는데 지리 부인이 편지 한 통을 움켜쥐고 후다닥 뛰어왔다.

“감사합니다. 유령한테 편지를 받았는데요. 지배인님이 저를 다시 안내원으로 쓸 거라는 말이 씌어 있어서 감사의 인사를 드리려고 왔습니다.”

지리 부인을 보자 부글부글 끓고 있던 리샤르 씨가 완전히 폭발해 버리고 말았다.

“뭐라고? 누가 그따위 말을 했어요? 당장 나가요!”

리샤르 씨는 지리 부인의 엉덩이를 발로 뻥 차 버렸다.

지리 부인은 너무나 갑작스럽게 벌어진 일이라 얼떨떨해하고 있었다. 그녀는 한동안 멍하니 서 있다가 제정신이 들자 극장이 떠나가도록 고래고래 소리를 지르며 울었다.

그런 일이 벌어지고 있을 때, 오늘 오페라에 주인공으로 출연할 카를로타가 집에서 편지 한 통을 받았다. 그 편지에는 이런 내용이 적혀 있었다.

오늘 저녁에 주인공 역할을 맡으면 상상도 하지 못할 불행한 일이 생길 것이오. 그러니 아예 출연하지 말고 집에서 쉬는 것이 좋겠소.

카를로타는 그 편지를 읽고 나서 이를 부드득 갈았다.

'치, 두고 보자. 내가 이런 정도의 협박에 벌벌 떨 줄 아나?'

카를로타는 노래를 잘했지만 성격이 나빴다. 크리스틴이 지난번에 대성공을 거둔 것을 보고 카를로타는 배가 아파 죽을 지경이었다. 그래서 자기가 아는 사람들을 모두 끌어들여 크리스틴을 헐뜯고 자신을 다음 공연의 주인공으로 삼도록 온갖 수단을 다 썼다. 그렇게 해서 주인공 역할을 따냈는데 이제 와서 스스로 물러나라니 어이가 없었다.

카를로타는 크리스틴이 이런 편지를 보냈다고 생각했다. 그녀는 크리스틴의 음모에서 벗어나려면 자기를 좋아하는 사람들을 많이 불러야겠다고 생각했다. 자기를 지지하는 팬들이 극장 안에 가득 차면 크리스틴이 아무리 방해를 하려고 해도 꼼짝 못 할 것이다.

저녁 7시가 되자 마침내 파우스트 공연이 시작되었다. 리샤르 씨와 몽샤르맹 씨는 2층 5번 박스석에서 공연을 지켜보고 있었다. 남자 가수인 카롤루스 폰타가 멋진 노래를 선보이면서 1막은 별일 없이 끝났다.

리샤르 씨가 농담을 했다.

"오늘은 유령 선생이 좀 늦나 봐?"

"그러게요. 유령도 상대를 봐 가며 장난을 치나 봐. 껄껄껄!"

몽샤르맹 씨도 맞장구를 치며 웃었다.

두 지배인이 2막이 시작되기를 기다리고 있을 때 무대 감독이 찾아왔다.

"지금 크리스틴의 친구들이 카를로타가 노래 부르는 것을 방해하려 한다는 정보가 들어왔습니다. 그래서 카를로타가 몹시 화를 내고 있습니다."

"뭐라고, 그럴 리가?"

"카를로타 양이 아무 근거도 없이 그런 말을 하겠습니까? 그러니 잘 지켜봐 주십시오.”

무대 감독이 나가자 두 지배인은 박스석을 나와 잠시 극장 안을 둘러보았다.

곧 2막이 시작되었다. 2막에서는 크리스틴이 나왔다. 그런데 이상하게도 크리스틴은 전처럼 노래를 잘 부르지 못했다. 노래 속에 뭔가 불안한 마음이 깃들어 있었다. 그러자 관중들의 야유가 쏟아졌다.

리샤르 씨는 혹시 크리스틴의 패거리들이 소란을 일으키지나 않을까 하여 객석 이곳저곳을 눈여겨보았다.

“흠, 저기 크리스틴의 팬들이 있기는 한데 무슨 소동을 일으키지는 않겠지?”

리샤르 씨가 중얼거리자 몽샤르맹 씨가 물었다.

“누구 말이에요?”

“저기 안 보여요? 샤니 백작과 그 동생 라울 말이오.

저 두 사람이 나한테 크리스틴을 잘 봐 달라고 부탁하더군.”

“아하. 그랬군요.”

크리스틴을 지켜보던 라울은 가슴이 무척 답답했다. 크리스틴이 노래를 못 하는 것도 속이 상하고, 그녀가 얼마 전에 보낸 편지가 마음에 걸렸다.

나의 옛 친구여! 다시는 나를 만나려고 찾아오지 마세요. 나를
사랑한다면 그렇게 꼭 해 줘요. 나는 당신을 절대로 잊지 않을
거예요. 저와 당신을 위해 부탁드립니다.

　　　　　　　　당신을 아끼는 크리스틴으로부터

　라울이 그 편지를 떠올리며 슬픔에 잠겨 있을 때, 크리스틴이
힘없이 물러나고 카를로타가 등장했다. 카를로타는 기운찬 목
소리로 노래를 부르기 시작했다. 카를로타가 나오자 그녀의 열
광적인 팬들이 환호성을 질렀다.
　크리스틴의 친구들이 방해를 하는 것이 아니라 오히려 카를로
타의 팬들이 더 시끄럽게 굴었다.두 지배인은 별일이 없을 거라
는 생각이 들어 5번 박스석으로 돌아왔다.
　그런데 이게 웬일인가? 박스석 안에 사탕 한 봉지와 유리컵이
놓여 있는 게 아닌가! 리샤르 씨는 여자 안내원들에게 물어보았
지만 아무도 가져다 놓은 사람이 없다는 것이었다.
　그 순간, 두 지배인은 등줄기가 서늘해졌다. 어디선가 유령이
자기들을 지켜보고 있다고 생각하니 오금이 저렸다.
　나가려고 해도 발이 떨어지지 않았다. 두 사람은 자리에 주저

앉은 채 어서 공연이 끝나기만을 기다렸다.

　그러는 동안 카를로타는 더욱 신이 나서 노래를 부르고 있었다. 그런데 갑자기 이상한 일이 일어났다. 검은 그림자가 무대 위로 슬쩍 지나가는가 싶더니 카를로타의 목소리가 이상하게 변했다. 멋들어진 목소리가 굳어지더니 두꺼비처럼 '꾸엑' 하는 소리가 흘러나왔다.

카를로타 자신은 물론이요, 관중들도 놀라서 숨을 죽였다. 두 지배인도 얼굴이 하얗게 변했다. 마침내 유령이 예고했던 저주가 시작되는 듯했다.

두 지배인이 겁에 질려 벌벌 떨고 있을 때 귓가에 이런 목소리가 들려왔다.

"카를로타는 천장 위의 샹들리에를 떨어뜨리려고 악을 쓰는 거야! 후후후!"

그와 동시에 두 지배인은 끔찍한 비명을 질렀다. 천장 위에 매달려 있던 거대한 샹들리에가 소리 없이 미끄러져 내려오고 있었던 것이다. 샹들리에는 곤두박질쳐 내려오더니 객석에 떨어져 산산조각이 났다. 그 바람에 난생 처음 오페라 극장에 와 본 여자 한 명이 죽고 말았다. 그 여자는 지리 부인 대신 극장 안내원으로 일할 사람이었다.

가면 무도회

오페라 극장에서 공연 도중에 생긴 사건 때문에 카를로타는 아예 몸져 누워 버렸다. 크리스틴은 공연이 끝난 뒤 어디론가 사라지고 말았다.

라울은 크리스틴이 통 보이지 않자 더 이상 살맛이 나지 않았다. 크리스틴이 이대로 영영 사라져 버리고 나타나지 않는다면 자기도 살아 있을 필요가 없다고 생각했다.

라울은 무슨 소식이라도 들을 수 있을까 해서 발레리우스 부인에게 편지를 보냈지만 답장이 없었다. 그녀가 없는데도 오페라 극장의 공연은 여전히 계속되고 있었다. 라울은 그게 견딜 수가 없었다. 그녀가 없어도 공연은 문제없이 이어지고 있었다.

라울은 극장 지배인을 찾아가서 크리스틴이 왜 나오지 않는지
물었다. 리샤르 씨는 딱딱하게 대답했다.

"지금 건강이 안 좋아서 나올 수 없답니다."

"어디가 아픈가요?"

“그건 나도 모릅니다.”

라울은 답답한 나머지 발레리우스 부인의 집을 찾아가기로 했다. 크리스틴이 오지 말라고 했지만 아무래도 무슨 이유가 있는 것 같았다. 라울이 싫어서가 아니라 말 못 할 사연이 있는 듯했다.

라울이 찾아가자 발레리우스 부인이 반갑게 맞아 주었다.

“라울 씨! 마침 잘 왔어요. 나도 엊그제야 그 애에 대한 이야기를 들을 수 있었어요. 지금 크리스틴은 음악의 천사와 함께 있답니다.”

“예? 그게 무슨 말입니까? 음악의 천사라니요?”

“보이지는 않지만 정말로 음악의 천사가 있답니다. 이런 이야기는 남에게는 절대로 하지 마세요. 아무도 안 믿을 테니까요. 크리스틴은 석 달 전부터 음악의 천사를 만나 노래를 배우게 되었답니다.”

“아니, 보이지도 않는데 어디서 노래를 배웁니까?”

“오페라 극장 대기실에서 아무도 없는 새벽에 노래를 가르쳐 주었다더군요.”

“아, 그 대기실 말이군요!”

라울은 그제야 그 대기실에서 들려온 남자 목소리의 주인공이 누구인지를 알게 되었다.

“그건 그렇다 치고 크리스틴은 저와 결혼할 생각이 없나요?”

“음악의 천사가 그러지 못하게 말리나 봐요. 결혼할 마음을 먹으면 자기는 더 이상 음악을 가르쳐 주지 않겠다고 한다니까요. 크리스틴은 음악의 천사를 놓치기 싫으니까 어쩔 수 없는 거예요. 그러니 라울 씨가 이해하세요. 아시겠죠?”

“아, 네. 잘 알겠습니다. 알겠다고요!”

라울은 기분이 상해서 그렇게 말을 내뱉고는 발레리우스 부인 집을 뛰쳐나왔다.

‘도대체 말이나 되는 소리인가? 유령한테 음악을 배우려고 산 사람을 멀리하다니!’

여관으로 돌아온 뒤에도 뒤숭숭한 마음은 가시지 않았다. 밥맛도 없었고 잠도 오지 않았다. 그래서 마차에 몸을 싣고 아무 데나 돌아다녔다.

‘그 녀석은 얼굴이 반반한 남자 가수가 아닐까? 유령 흉내를 내면서 크리스틴을 유혹하려는 것이겠지. 그런 꼬임에 빠진 여자를 나는 왜 이토록 못 잊어서 안달을 하고 있을까? 그녀는 내가 싫으니까 만나지 않으려는 거잖아. 나도 참 바보 같구나!’

그런 생각을 하고 있을 때, 저쪽에서 마차 한 대가 다가왔다. 마차가 곁을 스쳐 지나가는 순간에 라울은 무엇인가를 보았다.

얼굴이 창백한 여자가 마차에 타고 있었다. 그 여자는 라울이 그토록 애타게 찾던 크리스틴이었다. 라울은 마부에게 급히 마차를 돌리게 해서 지나간 마차 뒤를 부랴부랴 뒤쫓아갔다.

하지만 그 마차는 전속력으로 달려가더니 숲속으로 들어가 버렸다. 라울이 탄 마차가 악착같이 따라갔지만 놓치고 말았다.

라울은 허탕만 치고는 기운이 빠진 채 터덜터덜 여관으로 돌아왔다. 라울은 그날 밤 잠을 제대로 이루지 못하고 몸을 뒤척거리다가 아침을 맞았다.

다음 날 아침 일어나 침대에 걸터앉아 있는데 하인이 불쑥 들어오더니 편지 한 통을 내밀었다. 라울이 낚아채듯이 받아서 뜯어 보니 크리스틴이 보낸 것이었다.

라울!

모레 밤 12시에 오페라 극장에서 가면 무도회가 열리니 꼭 참석해 주세요. 흰색 옷을 입고 문 입구에 서 계세요. 누가 알아채지 못하게 얼굴을 잘 가리세요. 그리고 이 약속은 아무에게도 말해서는 안 됩니다.

크리스틴

편지 봉투에 진흙이 잔뜩 묻어 있는 걸 보니 누가 전해 주기를 바라며 아무 데나 던져 놓은 모양이었다. 그 편지를 보자 다시 새로운 희망이 생겼다.

'그럼 그렇지. 그녀는 아직 나를 좋아하고 있는 거야. 어쩔 수 없는 일 때문에 잠시 나를 피한 것뿐이야. 만나면 다 물어보고 내가 도울 일이 있으면 힘껏 도와주어야지.'

가면 무도회를 기다리는 이틀이 20년처럼 길게 느껴졌다.

드디어 가면 무도회 날이 되었다. 약속한 대로 밤 12시가 되자 라울은 흰 옷을 입고 문 입구에 서 있었다. 가면 무도회는 요란스럽고 떠들썩한 분위기였다. 가면을 뒤집어쓴 사람들이 흥얼흥얼 노래를 부르거나 시끄럽게 떠들면서 지나갔다. 조금 있으니 검은 옷을 입은 사람이 스르르 다가오더니 라울의 손을 살며시 쥐었다. 분명히 그녀였다.

"당신이죠? 크리스틴!"

라울이 묻자 검은 옷을 입은 사람은 얼른 손가락을 입에 갖다 대었다.

"쉬잇!"

라울은 입을 다문 채 검은 옷을 따라갔다. 검은 옷은 잘 따라오는지 가끔 뒤를 돌아다보며 앞장서서 걸어갔다.

　라울이 많은 사람들 틈을 지나가다 보니 해골 모양의 가면을 쓴 사람이 눈에 띄었다. 빨간 옷을 입은 그 사람은 어디선가 많이 본 듯한 모습이었다. 그런 차림을 어디서 보았던가 곰곰이 생각하던 중 페로기렉의 공동묘지에서 본 검은 그림자가 떠올랐다.

　'맞아! 바로 그 해골이야!'

　라울은 해골 가면의 정체를 밝혀 보려고 그 사람에게 다가갔다. 그 순간, 검은 옷 입은 사람이 깜짝 놀라 라울의 팔을 끌어당겼다. 그러고는 누군가에게 쫓기는 것처럼 라울을 끌고 허겁지겁 어떤 방으로 들어갔다.

　라울은 방 안으로 들어가자마자 발끈 화를 내었다.

　"아니 뭐가 무서워서 그러는 거요? 그 해골은 누구요?"

　"알 것 없어요. 당신과는 상관없는 일이에요."

　"상관없다니? 그 녀석 때문에 내가 얼마나 괴로워하고 있는지 알아요?"

　"오, 라울! 미안해요. 난 당신의 사랑을 받을 만한 여자가 못 되어요. 그러니 괴로워하지 마세요."

　"괴로워하고 싶지 않지만 내 마음이 말을 듣지 않으니 어쩝니까? 아, 힘드네요!"

"라울, 힘내요! 앞으로는 나를 만나기 어려울 거예요. 그래서 작별 인사를 드리려고 나온 거예요."

"아니 그럼, 그 녀석과 어디로 달아나기라도 한단 말이오?"

"더는 묻지 마세요. 더 이상 말씀드릴 수가 없어요. 그럼, 안녕히!"

그 말만 남기고 크리스틴은 방을 나갔다.

며칠이 지난 뒤였다. 라울은 크리스틴의 소식을 알 수 있을까 하여 발레리우스 부인 댁을 찾아갔다. 그런데 거기에 크리스틴이 있는 게 아닌가! 크리스틴의 얼굴은 무척 평화롭게 보였다. 가면 무도회에서 본 모습과는 크게 달랐다.

"크리스틴, 어떻게 된 일이오? 앞으로는 만날 수 없다더니?"

발레리우스 부인이 침대에 누운 채로 쪼글쪼글한 얼굴에 웃음을 지으며 말했다.

"음악의 천사가 며칠 쉬라고 보내 주었다는군요."

그 말에 크리스틴의 얼굴이 홍당무처럼 빨개졌다.

"어머니, 음악의 천사 이야기는 하지 마시라고 했잖아요."

"그럼 내 곁을 자꾸 떠나지 마라. 음악의 천사를 만나러 자주 가니까 내가 이런 말을 하잖아."

"아이 참, 음악의 천사는 없다고 했잖아요? 저와 약속해 놓고

서……."

옆에서 듣고 있던 라울이 참다 못해 목에 힘을 주고 나섰다.

"크리스틴! 뭔가 우리를 자꾸 속이려 드는군요. 당신은 지금 어느 사기꾼에게 속고 있는 겁니다. 모든 것을 다 말해 보세요. 왜 비밀을 키웁니까? 이대로 가면 당신의 목숨이 위험해질 거라는 불길한 예감이 들어요."

라울의 난데없는 말에 발레리우스 부인은 침대에서 몸을 일으키며 크리스틴을 다그쳤다.

"그게 무슨 말이냐? 네가 위험에 놓이게 된다니? 어서 사실대로 말해 보아라."

"어머니, 저 사람 말은 듣지 마세요. 신경 쓰실 거 없어요."

크리스틴은 발레리우스 부인을 안심시키려고 애썼다.

"그럼 내 곁을 절대로 떠나지 않겠다고 약속해라. 응?"

크리스틴이 아무 말도 하지 못하자 라울이 끼어들었다.

"크리스틴, 어서 약속해요. 그게 우리 모두를 위한 길입니다."

그러자 크리스틴은 갑자기 냉정한 태도를 보이며 딱 잘라 말했다.

"당신이 왜 내게 그런 약속을 하라고 강요하나요? 라울 씨는 나에게 이래라저래라할 권리가 없어요. 내 남편이라면 모르지만, 난 앞으로도 결혼을 하지 않을 테니까 아무도 날 간섭할 수 없어요.”

크리스틴은 그렇게 말하면서 자기도 모르게 팔을 앞으로 쑥 내밀었다. 라울은 크리스틴의 손에 금반지가 끼워져 있는 것을 언뜻 보았다.

“허어, 결혼하지 않을 거라는 사람이 벌써 결혼 반지를 끼고 있군요!”

“아, 저어……. 이건 그저 선물일 뿐이에요.”

크리스틴은 얼른 반지 낀 손을 등 뒤로 감추며 말했다.

“크리스틴, 그렇다면 장차 남편이 될 사람이 그 반지를 주었겠군요. 도대체 언제까지 우리를 속일 겁니까? 눈 가리고 아웅 하지 마세요. 음악의 천사 흉내를 내며 당신의 손에 반지를 끼워 준 그 사기꾼이 누구입니까? 속 시원히 말해 주면 우리가 도와줄 수 있습니다.”

라울은 답답한 마음에 크리스틴 앞으로 한 발 다가서며 말했다.

“라울, 당신은 말해 줘도 이해하지 못할 거예요. 그리고 그 사람을 사기꾼이라고 말하지 마세요. 절대로 나쁜 사람은 아니에요. 다만 그 사람의 비밀을 자꾸 캐어 들어가면 당신의 목숨이 위태로울 수도 있어요. 그러니 제발…….”

“크리스틴, 나를 가끔은 만나 주겠다고 약속하면 당신이 시키
는 대로 할게요.”

“좋아요. 그럼 내일 다시 만나요.”

크리스틴이 한숨을 쉬며 말했다.

“그게 정말이오? 고맙소. 그럼 오늘은 이만 돌아가겠소.”

라울은 크리스틴의 손등에 입을 맞춘 뒤 발레리우스 부인 댁
을 나왔다.

유령의 정체

다음 날 라울은 크리스틴과 오페라 극장에서 만났다. 라울은 크리스틴에게 자신의 계획에 대해 들려주었다.

"난 한 달 뒤 북극을 조사하러 가는 원정대를 따라갈 거요."

"힘은 들겠지만 큰 보람이 있겠군요."

"그렇지만 당신과 사랑을 이루지 못한다면 그런 보람이 무슨 소용이 있겠습니까?"

크리스틴은 피식 웃으며 라울의 등을 토닥거려 주었다.

"기운내세요. 마음의 고통은 곧 스쳐 지나갈 거예요."

"크리스틴, 당신은 어떻게 그처럼 가볍게 이야기할 수 있나요? 난 살아서 돌아오지 못할 수도 있단 말입니다."

“그건 저 역시 마찬가지예요. 우린 한 달 안에 작별을 하게 되겠군요.”

“그런 말 하지 마세요. 난 반드시 살아 돌아와서 당신을 찾을 겁니다.”

크리스틴은 무슨 생각을 하는지 가만히 있다가 문득 이런 말을 꺼냈다.

“라울! 우리는 결혼은 못 하지만 약혼은 할 수 있어요. 당신이 떠나기 전까지 한 달 동안만 약혼한 사이로 지내요.”

라울은 한 달 만 약혼하자는 말이 우습게 느껴졌지만 겉으로는 흔쾌히 대답했다.

“좋아요. 그러면 내가 지금 당신 두 손을 잡아도 되지요?”

“그래요. 우리 소꿉놀이 하듯이 즐겁게 놀아요.”

라울은 크리스틴의 손을 잡고는 이런 생각을 했다.

‘한 달 동안 그 이상한 목소리의 주인공을 잊게 만든다면 나는 크리스틴과 평생 동안 같이 살 수 있겠지. 비록 지금은 신랑 신부 놀이를 하지만 말이야.’

둘은 날마다 만나서 다시 어린 시절로 돌아간 것처럼 즐겁게 놀았다. 라울은 크리스틴을 만나면 만날수록 한 달 뒤에 헤어져야 하는 것이 마음 아팠다. 그래서 이렇게 말했다.

"난 북극으로 떠나지 않겠소!"

크리스틴은 그 말을 듣자 아무런 대꾸도 하지 않고 집으로 가 버렸다. 라울은 그 말을 한 것을 후회했지만 이미 말을 꺼낸 뒤라 어쩔 수가 없었다.

크리스틴은 다음 날부터 또 보이지 않았다. 편지를 보내도 답장이 없었다. 라울이 기다리다 못해 발레리우스 부인 댁으로 쳐들어갔지만 크리스틴은 보이지 않았다.

그러던 어느 날, 놀랍게도 크리스틴이 오페라 극장에 나타났다. 크리스틴이 주인공 역할을 맡았는데 노래를 아주 잘 불렀다. 그전에 성공했을 때처럼 많은 박수를 받았다. 카를로타는 한 번 망신을 당한 뒤로는 자신감을 잃었는지 전혀 나타나지 않았다.

공연이 끝나자 라울은 한달음에 무대 뒤로 달려갔다. 크리스틴은 라울을 보더니 반갑게 맞아 주었다. 라울은 대기실로 들어가자 무릎을 꿇고 사정했다.

"크리스틴! 약속한 날이 되면 떠날 테니 제발 행복한 소꿉놀이를 계속 하게 해 줘요!"

그 말을 들은 크리스틴은 눈물을 흘렸다. 라울이 무슨 말을 더 하려고 하자 크리스틴은 벽 쪽에 자꾸만 귀를 기울였다. 누군가가 벽 뒤에서 엿듣고 있지나 않을까 걱정이 되는 모양이었다.

"라울, 이제 그만 돌아가세요. 내일 다시 봐요. 오늘 노래는 당신을 위해 부른 거예요!"

둘은 다음 날 다시 만났지만 어쩐지 어색한 분위기가 이어졌다. 크리스틴도 말수가 적었다. 라울은 어린애가 투정을 부리듯이 중얼거렸다.

"난 질투가 나서 못 살겠소! 그 유령인지 사기꾼인지 그 녀석만 없으면 이렇게 불안해하지 않아도 될 텐데……."

크리스틴이 라울을 달래려고 조용히 입을 열었다.

"그러면 우리 산책이라도 해요. 바람을 쐬면 기분이 좀 나아질 거예요."

라울은 그녀가 소풍이라도 가자는 줄 알았다. 그런데 그녀가 데리고 간 곳은 엉뚱하게도 무대 위였다. 두 사람은 무대를 만들기 위해 다리처럼 얼기설기 엮어 놓은 곳으로 올라갔다.

"라울, 우리의 사랑은 이 세상에서는 이루어질 수 없어요. 그러니 하늘나라에 가서 마음껏 나눠요. 봐요, 이 하늘 위에서는 모든 게 편안하고 자유롭지 않나요?"

크리스틴은 술래잡기라도 하듯이 아슬아슬한 다리 위를 이리저리 뛰어다녔다. 라울은 밑으로 떨어질까 봐 정신이 아득한데도 크리스틴은 아무렇지도 않은 모양이었다. 라울이 도리어 겁을 내자 크리스틴은 다리 위에서 복도로 내려왔다.

다음 날에는 무대 위의 또 다른 곳을 찾아갔다. 크리스틴은 무대 위에만 가면 마음이 편해지는 것 같았다. 두 사람은 무대 기술자들이 무대를 만드는 모습도 구경하고 무용수들이 연습하는 장면도 보았다. 그런 식으로 여러 날을 무대 위에서 보낸 뒤에 라울이 문득 이런 말을 꺼냈다.

"크리스틴! 이제 무대 위는 많이 보았으니 지하에도 내려가 봅시다. 사람들 말로는 오페라 극장의 지하도 잘 만들었다고 하던데요?"

그 말을 듣는 순간, 크리스틴의 얼굴이 하얗게 변했다.

"안 돼요. 절대로 안 돼요. 저 아래로는 못 가요. 땅 밑의 모든 세계는 에릭의 것이라고요!"

"뭐요, 에릭이라고요? 아하, 그 사기꾼이 '에릭'이란 녀석이었군요."

"아, 아니에요. 제가 말을 잘못했어요."

크리스틴이 손으로 급히 입을 막았지만 이미 말을 해 버린 뒤였다. 라울은 한번 잡은 실마리를 놓치지 않고 물고 늘어졌다.

"당신이 그 에릭이라는 사람에 대한 비밀을 털어놓지 않으면

나는 절대로 북극에 가지 않을 겁니다.”

“조용히 하세요! 라울! 제발 조용히 하라고요. 그가 만약 당신의 말을 듣는다면 어떤 일이 벌어질지 알 수 없어요.”

“걱정 마세요, 크리스틴! 내가 그 사람으로부터 당신을 구해 줄 테니 나만 믿어요. 내가 반드시 당신을 그 마법으로부터 풀어 주고 말 테니까요.”

“그게 과연 가능할까요?”

“가능한지 아닌지 직접 보면 알 거 아니에요?”

라울은 당장이라도 내려갈 듯이 지하로 향하는 뚜껑 문을 잡아당겼다. 그러자 크리스틴이 깜짝 놀라 라울의 옷을 급히 잡아당겼다.

“라울! 지금 무슨 짓을 하는 거예요? 그러다 큰일 나요!”

크리스틴은 라울을 억지로 끌고 무대 위로 올라갔다. 크리스틴은 높이 올라갈수록 마음이 놓이는지 꼭대기를 향해 힘차게 발걸음을 내디뎠다.

두 사람이 지붕 근처까지 올라가는 동안에 낯선 그림자가 멀리서 뒤를 따르고 있었다. 두 사람은 누가 따라오는 줄도 모른 채 앞만 보고 올라갔다.

어느새 해질녘이 되었는지 서쪽 하늘에는 불그스름한 노을이

지고 있었다. 크리스틴은 노을을 바라보며 라울의 귀에 대고 속
삭였다.

"라울! 우리가 저 구름이라면 얼마나 좋을까요? 그러면 아무
에게도 간섭을 받지 않을 텐데……. 당신이 나를 어디론가 데리
고 가고 싶을 때 내가 따라가지 않으려고 해도 강제로 데려가 주
세요!"

"크리스틴! 왜 진작 그런 말을 하지 않았어요?"

"나도 모르겠어요. 아마 에릭 때문이겠죠. 그 사람은 신처럼
내 마음을 다 읽고 있거든요."

크리스틴은 머리를 막 흔들며 온몸을 바들바들 떨었다.

"다시 돌아가서 그와 함께 땅속에서 사는 게 두려워요."

"오, 크리스틴! 아무도 당신보고 그곳에 돌아가라고 강요하지
않아요."

"내가 돌아가지 않으면 엄청난 불행이 닥칠 거예요. 이제 하
루밖에 남지 않았어요. 점점 시간이 다가오고 있다고요. 지하에
사는 에릭이 불쌍하긴 해요. 하지만 난 땅속에 갇혀 사는 건 싫
어요."

크리스틴이 괴로움을 이기지 못하고 두 손을 비틀어 대자 라
울이 그녀를 꼭 안아 주었다.

"크리스틴! 그러지 말고 나와 어디로든지 도망칩시다. 도망가면 될 거 아니에요?"

라울은 금방이라도 크리스틴을 끌고 어디론가 가려고 했다.

"안 돼요. 지금 당장은 곤란해요. 그래도 에릭이 나한테 여태까지 얼마나 잘해 주었다고요. 아무 말도 없이 그냥 갈 수는 없어요. 내일 저녁, 마지막으로 그를 위해 노래를 불러 줄 거예요. 그런 다음에 떠나요! 그래도 늦지 않을 거예요. 내일 밤 12시에 내 대기실로 오세요! 시간을 지켜야 해요. 그때쯤이면 그가 지하 호숫가의 식당에서 나를 기다리고 있을 거예요. 그럼 우린 어디로든지 달아날 수 있어요. 라울! 이번에 그곳으로 돌아가면 다시는 거기서 빠져나올 수 없을 것 같아요."

크리스틴은 거기까지 급하게 말하고는 이렇게 덧붙였다.

"당신은 무슨 뜻인지 이해하지 못하겠지만……."

크리스틴이 말을 끝맺지 못하고 한숨을 내쉬는 순간, 그녀의 등 뒤에서 또다른 한숨 소리가 들려왔다.

"방금 무슨 소리 못 들었어요?"

크리스틴은 그 말을 하면서 이까지 덜덜 떨었다.

"아니, 아무 소리도 못 들었는데요."

"아, 정말 이제는 매일 이렇게 조마조마한 마음으로 사는 것이

지겨워요. 여기는 높은 곳이니 안전하겠죠? 이렇게 높고 밝은 곳에 올라와 있으니 마음이 편안하네요. 이렇게 밝은 곳에서는 그를 한 번도 본 적이 없어요. 만약 이렇게 밝은 데서 그를 본다면 얼마나 끔찍할까요?"

"그가 그렇게 무섭게 생겼어요?"

라울이 묻자 크리스틴이 고개를 끄덕였다.

"오, 그의 모습을 처음 보았을 때 나는 관 속에서 튀어나온 줄 알았어요."

그때 또 어디선가 한숨 소리가 들렸다. 두 사람은 동시에 일어나 주위를 살펴보았지만 아무것도 보이지 않았다. 둘은 다시 자리에 앉았다.

라울이 입을 열었다.

"그를 처음 보았을 때 이야기나 좀 해 줘요."

"그렇게 할게요. 이젠 나도 비밀을 다 털어놓아야 속이 시원하겠어요. 그동안 혼자만 비밀을 간직하고 있으려니 가슴이 터질 것 같았어요."

크리스틴은 차근차근 이야기를 풀어 나갔다.

크리스틴이 그의 목소리를 들은 건 석 달 전이었다. 처음에는 크리스틴도 그 아름다운 노랫소리가 다른 방에서 들려오는 줄 알았다. 노랫소리가 들렸을 때 크리스틴은 대기실 밖으로 나가 주위를 휘둘러보았지만 다른 방에서 들려온 소리는 아니었다. 다시 대기실로 들어와 보니 크리스틴 대기실 안에서만 들리는 것이었다. 그 목소리는 정말 노래를 잘 불렀다.

남자 목소리인데도 꾀꼬리처럼 고왔고 이 세상에서는 듣기 힘들 만큼 아름다웠다. 크리스틴은 그 노랫소리에 푹 빠져 버렸다. 크리스틴이 노래를 듣고 감탄하자 그 목소리가 말을 걸어왔다.

"안녕, 크리스틴."

"당신의 목소리는 참 아름다워요! 어디에 사는 분인가요?"

"난 하늘에서 내려온 음악의 천사요!"

"아, 정말요? 그러면 나에게 노래를 가르쳐 줄 수 있나요?"

"원한다면 가르쳐 드리죠."

그때부터 그 목소리는 크리스틴에게 노래를 가르쳐 주었다.

크리스틴이 모르는 게 있어서 물어보면 친절하게 가르쳐 주었다. 천사 같은 목소리였다.

크리스틴은 돌아가신 아버지가 보낸 음악의 천사라고 굳게 믿었다. 그래서 그 목소리가 어떤 말을 하든지 다 믿었다.

크리스틴이 배운 음악은 생전 처음 듣는 것이었다. 벽 뒤에서 들려왔는데 그녀의 아버지가 가르쳐 준 것보다 훨씬 더 훌륭한 음악이었다. 그 목소리는 크리스틴의 단점도 잘 알고 있었다. 그래서 몇 년을 걸려야 배울 수 있는 내용을 짧은 시간에 다 가르쳐 주었다. 그 목소리가 얼마나 열심히 가르쳐 주는지 크리스틴은 노래 연습을 하다가 정신을 잃기까지 했다.

그 무렵 라울이 크리스틴을 찾아오자 그 목소리는 라울을 경계하기 시작했다.

"당신이 나 말고 다른 사람을 좋아하면 난 더 이상 음악을 가르쳐 줄 수 없어요. 하늘의 음악을 배우려면 티없이 깨끗한 마음을 가져야 해요."

"라울은 오빠 같은 사람이니 걱정하지 마세요. 사랑하는 사람은 아니라고요."

"땅 위의 사람과 사귀면 몸과 마음이 더러워져요. 만약에 내 말을 어기면 난 당신 앞에 다시는 나타나지 않을 겁니다."

음악의 천사는 경고라도 하듯이 얼마 동안은 크리스틴에게 노래를 가르쳐 주지 않았다. 크리스틴은 그때부터 음악의 천사를 의심하게 되었다.

'음악의 천사라면 저런 말을 하지는 않을 텐데…….'

그러면서도 음악의 천사에게 노래를 더 못 배우면 어떡하나 하는 불안한 마음이 들었다. 그때문에 무대에서 노래를 잘할 수가 없었다. 그래서 크리스틴은 라울을 못 본 척하려고 애썼다. 라울이 크리스틴을 만나려고 애써도 크리스틴은 자꾸만 피할 수밖에 없었다.

크리스틴이 피하는데도 라울이 끈질기게 따라붙자 음악의 천사는 마음이 바빠졌다. 음악의 천사는 기회를 노리다 어느 날 크리스틴이 잠자는 틈을 타 몰래 땅속으로 데려갔다.

잠에서 깨어난 크리스틴은 소스라치게 놀라고 말았다.

자기 눈앞에 해골처럼 생긴 사람이 서 있었던 것이다. 크리스틴은 얼마나 놀랐는지 기절할 뻔했다. 손은 뼈다귀처럼 생겨서 무시무시했고, 옷을 입고는 있지만 시체 위에 걸친 것 같았다.

그런데도 목소리 하나만은 기가 막히게 좋았다. 크리스틴은 그의 모습을 본 뒤에야 비로소 속았다는 것을 깨달았다. 그러나 이미 때가 늦은 뒤였다. 크리스틴은 순진했기 때문에 음악의 천사를 믿었고 그의 노래에 흠뻑 빠져 있었다.

알고 보니 그는 음악의 천사가 아니라 유령 노릇을 한 사람이었다. 크리스틴은 그의 이름이 '에릭'이라는 것도 알게 되었다. 크리스틴은 에릭의 집 안에 갇혀 있다가 그가 써 놓은 글을 보았다.

친애하는 크리스틴!

여기는 지옥도 아니고 무서운 감옥도 아니니 마음 푹 놓으시오! 이 세상에서 나만큼 점잖고 훌륭한 친구는 없을 것이오. 어

떤 일이든지 명령만 하시오. 내가 심부름을 다 해 줄 테니. 그대
는 아무런 부족함도 느끼지 않게 될 것이오.

사랑하는 에릭으로부터

크리스틴은 우선 그를 안심시켜야만 땅 위로 나갈 수 있을 것
같아서 그의 사랑을 받아들이는 척했다. 처음에는 울고불고 난
리를 쳤지만 차츰 에릭의 말을 고분고분 잘 들었다.

그러니까 에릭도 안심하게 되었다. 에릭은 크리스틴에게 조금
씩 자유를 주기 시작했다. 그래서 크리스틴이 다시 땅 위로 나
올 수 있었던 것이다.

크리스틴이 여기까지 이야기하자 라울이 도무지 이해가 안 된
다는 표정을 지었다.

"아니 그런데 왜 아직도 그 사람 곁을 맴돌고 있는 거죠? 그
사람이 당신을 속였다는 것을 이제 다 알았잖아요?"

"그렇죠. 하지만 알고 나니 오히려 에릭이 불쌍하게 느껴졌어
요. 에릭은 내가 자기의 모습을 본 뒤부터는 나를 땅속에 가두
었어요. 그런데도 나는 에릭이 밉지 않았어요. 그는 나를 진심
으로 사랑하거든요. 나를 심심풀이 장난감 정도로 여기는 게 아
니에요. 에릭은 마음만 먹으면 나를 얼마든지 자기 여자로 만들

수 있어요. 그런데도 내가 스스로 마음을 열 때까지 기다리고 있어요. 에릭은 자신의 모든 것을 걸고 나를 사랑하는 거예요. 아시겠어요? 당신은 귀족 집안의 아들이잖아요? 서민인 나를 어떻게 마음놓고 사랑할 수 있겠어요? 그래서 내가 당신과 에릭 사이에서 마음을 정하지 못하고 갈팡질팡하는 거랍니다.”

“크리스틴! 내가 모든 것을 걸고 당신을 사랑한다면 나를 받아 들이겠습니까?”

“아, 나도 어떻게 해야 할지 잘 모르겠어요. 알고 보면 그 사람 도 참 가엾은 사람이에요.”

그러자 라울이 피식 웃으며 이렇게 비아냥거렸다.

“이제 보니 당신은 그 사람을 좋아하는군요!”

“싫어하지는 않아요.”

“싫어하지 않는다고요? 그게 좋아한다는 뜻 아닌가요?”

“그 사람이 나를 진심으로 사랑하는 것은 충분히 알 수 있어 요. 하지만 그의 해골 같은 끔찍한 모습은 싫어요. 그리고 음침 하고 어두운 땅속에서 계속 살아가야 할 걸 생각하면 나도 모르 게 한숨이 나와요.”

라울과 크리스틴이 한참 이야기에 빠져 있을 때 오페라 극장 지붕 위에서 검은 그림자가 스멀스멀 기어오고 있었다.

검은 그림자는 라울과 크리스틴을 가장 가까이 내려다볼 수 있는 곳까지 와서 멈추었다. 두 사람은 검은 그림자가 내려다보고 있는 줄도 모르고 계속 입씨름을 했다.

"그렇게 끔찍한 사람인데 왜 싫어하지 않는 거죠?"

"그 사람은 나에게 모든 것을 다 고백했어요. 사랑 때문에 나를 땅속에 가두었지만 솔직히 모든 것을 다 털어놓았어요. 어렸을 때부터 해골 같은 모습으로 태어났지만 음악만은 열심히 공부했대요. 아무도 모르게 혼자서요. 목소리가 원래 좋았지만 피나는 노력 끝에 지금처럼 노래를 잘할 수 있게 되었다는 거예요. 그는 내 앞에 무릎을 꿇고 용서를 빌었어요. 하루는 내가 자유를 돌려 달라고 고함을 질렀더니 놀랍게도 선뜻 나를 풀어 주었어요. 나는 그가 가르쳐 준 비밀 통로를 통해 걸어 나오기만 하면 되었어요. 그처럼 솔직하게 나오니 도리어 불쌍하게 여겨졌어요. 나는 이렇게 생각했죠. '그래, 그는 음악의 천사도, 유령도 아니야. 그렇더라도 누구보다 훌륭한 목소리를 지니고 있잖아. 적어도 그는 음악에 있어서만은 내가 배울 점이 많은 사람이다.'라고 말이죠. 그런 이유 때문에 내가 그를 떠나지 못하고 있는 거예요."

"해골이 노래를 부르는데도 그렇게 좋은가요?"

“라울! 당신도 음악을 좋아하잖아요? 음악은 듣는 이의 가슴을 감동으로 물결치게 하고 음악을 듣는 순간만큼은 이 세상의 어떤 괴로움이나 슬픔도 다 잊게 되지요. 그게 음악이 갖고 있는 힘이에요.”

“그럼 음악 때문에 할 수 없이 그를 좋아한다는 말이군요?”

“아까도 말했듯이 음악 때문만은 아니에요. 에릭은 나를 땅 위로 내보내 주면서 혹시라도 내가 안 돌아올까 봐 흐느껴 울었어요. 참 가엾은 사람이잖아요? 나 말고 누가 그 사람을 이해해 주겠어요?”

라울은 크리스틴이 자꾸만 변덕을 부리는 것 같아서 부아가 치밀어 올랐다.

“크리스틴! 누구 한 사람을 결정해요. 그 사람이 좋으면 어서 돌아가란 말이에요!”

“오, 라울! 지금까지 내가 다 말했잖아요? 그 사람이 가엾고 불쌍하긴 하지만 땅속으로 돌아가는 것은 두렵다고요. 그리고요 며칠 동안 에릭이 알면 큰일이 날 텐데도 당신과 시간을 보냈잖아요?”

“난 당신이 정말 나를 사랑하는 것인지 지금도 알쏭달쏭합니다. 만약 에릭이 그처럼 보기 흉한 사람이 아닌, 잘생긴 남자라면 어떻게 되었을까요? 그래도 나를 사랑할까요?”

크리스틴은 살며시 눈을 흘기며 라울을 힘껏 껴안았다.

“라울! 사랑이란 말로 다 설명할 수 있는 것이 아니에요. 내 행동을 보고 믿으세요. 자, 난 지금 당신을 부둥켜안고 있잖아요”

그러자 라울은 더 이상 아무 말도 하지 않고 크리스틴을 마주 껴안았다.

사라진 크리스틴

시간이 제법 지난 것 같았다. 높은 곳에 오래 있었던 탓인지 밤공기가 차갑게 느껴졌다. 두 사람은 이제 내려가기로 했다. 라울이 밑으로 내려가다가 무심코 지붕 위를 올려다보니 숯불처럼 이글거리는 눈빛이 보였다. 안 그래도 춥게 느껴졌는데 그 이상한 눈빛까지 보고 나니 더욱 몸이 오싹해졌다.

라울은 크리스틴을 재촉하여 서둘러 내려갔다. 두 사람은 허둥지둥 아무 데로나 막 달렸다. 얼마나 달렸을까? 극장의 8층까지 내려왔을 때 갑자기 덩치가 큰 사람이 나타나서 앞을 가로막았다. 그 사람은 소매 없는 긴 외투를 입고 뾰족한 모자를 쓰고 있었다.

"이쪽은 안 돼. 저쪽으로 가요!"

그 사람은 라울과 크리스틴이 가려는 복도를 막고 다른 쪽 복도를 가리켰다.

"어서, 어서! 서둘러요!"

라울은 그 사람이 누구인지 몰라 크리스틴에게 물었다.

"도대체 저 사람은 누구요? 누군데 갑자기 나타나서 우리 앞길을 막는 거요?"

"저 사람은 그 유명한 페르시아인이에요."

"페르시아인이라? 뭐 하는 사람이죠?"

"오페라 극장 지하에서 살고 있는 사람이에요.

늘 극장 안을 돌아다니며 허드렛일을 하고 남을 도와주기도 해요. 극장에서 고용한 사람은 아니지만 남을 잘 도와주니 그냥 놔두나 봐요."

"그런 사람도 있나요? 오페라 극장은 참 다양하군!"

두 사람은 페르시아인이 가리킨 복도를 따라 아래층으로 내려갔다. 라울은 크리스틴의 뒤를 따라가다가 물었다.

"크리스틴! 당신도 아까 그 숯불 같은 눈빛을 보았죠? 그게 에릭의 눈빛이 아닌가요?"

"그래서 그렇게 서둘렀군요. 하지만 그건 별빛이었을 거예요.

당신이 하늘에서 빛나는 별빛을 잘못 본 거예요.”

“크리스틴, 어차피 나를 따라 도망갈 생각이라면 지금 당장 갑시다. 자꾸 미루는 건 좋지 않아요. 내일까지 기다려야 할 이유가 뭐 있어요. 그가 혹시 오늘 저녁에 우리가 주고받은 말을 엿들었다면 큰일이잖아요!”

“아니에요. 그럴 리 없어요. 그는 새로운 노래를 만드느라 바빠요. 그러니 우리에게 신경 쓸 여유가 없을 거예요.”

그러면서도 크리스틴은 뒤에 누가 있나 돌아보았다.

“그런데 왜 불안한 눈길로 뒤를 자꾸 돌아보는 거죠?”

“그냥 습관이 되어서 그래요. 어서 내 대기실로 가요.”

“차라리 극장 밖에서 봅시다.”

“그건 절대로 안 돼요. 우리가 도망치기로 약속한 시간까지는 극장 안에 있어야 해요. 내가 에릭과 한 약속을 지키지 않으면 우리 모두에게 엄청난 불행이 닥칠 거예요. 난 어떤 일이 있어도 극장 안을 벗어나지 않기로 에릭과 약속했단 말이에요.”

“허어, 그런 약속을 하고도 나하고 이렇게 소꿉놀이를 하는 걸 보면 당신 간이 어지간히 크군요.”

그 말에 크리스틴은 실쭉 웃었다.

“오, 라울! 내가 당신과 소꿉놀이를 하고 있는 것을 에릭도 알고 있어요. 그가 이렇게 말했는걸요.'난 크리스틴 그대를 믿소! 라울은 당신을 사랑하지만 곧 떠날 몸이잖소? 그도 나처럼 불행한 사람이오.'라고요."

"크리스틴! 그게 무슨 뜻인지 못 알아듣겠군요. 좀 더 설명해 줄 수는 없나요?"

"그건 내가 부탁하고 싶은 말인걸요. 사랑을 하면 모두 불행해 지는 것일까요?"

"크리스틴! 그건 당연하지요. 사랑을 하면서도 사랑받고 있다는 확실한 믿음을 갖지 못하면 그럴 수밖에 없어요."

"그건 에릭에게 해당되는 말인가요?"

"에릭과 나 둘 다에게 해당되는 말이오."

라울은 그 말을 하면서 쓸쓸한 표정을 지었다.

그러는 사이에 둘은 크리스틴의 대기실 문 앞에 이르렀다. 대기실을 보자 라울은 짜증이 섞인 말투로 물었다.

"극장의 다른 곳보다 이곳이 안전하다고 볼 수는 없지 않소? 당신이 이곳에서 벽을 통해 에릭의 목소리를 들은 것처럼 오늘도 그가 엿들으면 어떡하죠?"

"아니에요. 그는 다시는 내 대기실 벽 뒤에 숨어 있지 않겠다고 약속했어요. 난 에릭의 약속을 믿어요. 이 대기실과 저 아래

호숫가의 내 방은 오로지 나만의 공
간이랍니다.”
　“크리스틴! 그런데 궁금한 것이 한
가지 있소. 에릭은 어떻게 이 방에 있
다가 저 밖의 어두컴컴한 복도로 나

갈 수 있었던 겁니까? 당신이 알면 한번 해 보지 않겠소?”

“나도 할 수는 있어요. 에릭이 내게 지하로 통하는 문을 여는 열쇠를 주었거든요. 하지만 나만 들어갈 수 있어요. 공연히 에릭의 마음을 상하게 했다가는 큰코다칠 수 있어요.”

“흠, 에릭은 우리가 모르는 것을 많이 알고 있군요.”

“그래요. 그는 놀라운 재주를 많이 가지고 있어요. 다른 사람들은 엄두도 못 낼 일들을 다 할 수 있답니다.”

“당신도 그를 신비스러운 유령으로 생각하고 있군요.”

라울이 은근히 빈정대자 크리스틴이 정색을 하고 말했다.

“그는 유령은 아니에요. 오페라 극장의 지하에서 살아가는 사람일 뿐이죠. 그는 오랫동안 지하에 숨어 살면서 많은 것을 연구한 특이한 사람이에요. 오페라 극장의 지하에 대해서 그만큼 잘 아는 사람은 없을 거예요.”

“알았소. 뭐든지 한 우물만 파면 박사가 된다더니 에릭도 그런 모양이군요. 자, 그럼 이만 헤어집시다. 내일 밤 12시에 이 대기실로 다시 오겠소. 내일 만납시다!”

라울이 작별 인사를 하고 헤어지려는 순간이었다. 갑자기 크리스틴의 얼굴이 하얗게 변했다.

“오, 맙소사! 크, 큰일 났어요!”

“무슨 일이오? 뭐가 잘못되었소?”

“에릭이 준 반지가 없어졌어요!”

“내일 도망칠 텐데 반지가 없으면 어때요?”

라울이 대수롭지 않다는 투로 말하자 크리스틴은 펄쩍 뛰었다.

“안 돼요. 에릭은 그 반지를 주면서 말했어요. 내가 그 반지를 끼고 있는 동안에는 자유롭게 다닐 수 있고 모든 위험에서 안전할 수 있다고요. 하지만 손에서 반지를 빼는 순간에는 어떤 불행이 닥칠지 모른다고 했어요. 복수를 각오해야 한다고요. 그런데 지금 반지가 없어졌어요! 아마 아까 지붕 아래 높은 곳에서 당신과 껴안고 있을 때 빠진 것 같아요. 이 일을 어떡하죠?”

“그렇다면 지금 당장 도망칩시다!”

“안 돼요. 내일 가요. 그럼 안녕히!”

크리스틴은 반지를 찾으러 가기라도 하는 것처럼 손을 비비며 저쪽으로 달려갔다.

라울도 여러 가지 복잡한 생각을 하다 보니 머리가 지끈지끈 아팠다. 그래서 집으로 돌아와 침대에 쓰러지듯 누웠다. 등불을 끄자 사방이 어두워졌다. 문득 라울은 에릭을 욕하고 싶은 마음이 들었다. 그래서 이렇게 외쳤다.

“에릭은 사기꾼이야! 나쁜 엉터리 사기꾼!”

바로 그 순간이었다. 어두운 창문가에 환한 불빛이 비치더니 숯불처럼 활활 타오르는 눈동자가 나타났다. 그 무시무시한 눈동자는 라울을 매섭게 쏘아보았다. 라울은 겁이 나서 와들와들 떨었다. 보통때는 겁이 없는데 그 순간만은 이상하게 겁이 났다. 라울은 무서워 벌벌 떨다가 성냥을 겨우 찾아서 불을 켰다. 불을 켜자 활활 타오르던 눈동자가 사라져 버렸다.

라울은 몸서리를 쳤다. 혹시 그 눈동자가 방 안으로 들어와 숨기라도 했나 싶어서 침대 밑을 들여다보고 여기저기를 살펴보았다. 아무 데도 이상한 낌새가 없어서 라울은 다시 자리에 누웠다.

그런데 방 안이 어두워지자 조금 전의 그 불타는 눈동자가 다시 보이는 게 아닌가! 등줄기에 식은땀이 주르르 흘렀다.

라울은 벌떡 일어나 서랍 안에서 권총을 꺼냈다.

"네가 바로 에릭이지?"

라울은 그 눈동자를 향해 총을 쏘았다.

"탕!"

큰 총소리가 울려 퍼지자 자고 있던 사람들이 모두 잠에서 깨어 복도로 나왔다.

"아니 이게 무슨 소리야?"

"누가 총을 쏘았군!"

샤니 백작은 라울이 총을 쏜 것을 알고는 인상을 찌푸렸다.

"라울, 무슨 일이 있었니?"

"누가 내 방을 엿보고 있었어요."

라울은 등불을 들고 복도를 자세히 살펴보았다. 복도에는 누가 총을 맞고 달아났는지 핏자국이 길게 이어져 있었다.

"이것 보세요. 유령이 피를 흘리고 달아났어요."

"라울! 이상한 소리 하지 말고 제발 정신차려라! 그건 고양이가 흘린 피일 거야!"

샤니 백작은 라울의 말을 믿지 않았다.

라울은 혼자 생각에 잠겼다.

'혹시 크리스틴한테 나쁜 일이 생기는 건 아닌지 모르겠네.'

날이 밝자 샤니 백작은 라울을 서재로 불렀다.

"이것 봐라. 아침 신문에 네 이야기가 났다. 네가 우리 집안을 얼마나 웃음거리로 만들고 있는지 아니? 넌 왜 그 아무것도 아닌 여자한테 빠져 그러고 있니? 어서 털어 버려라."

라울은 형이 내민 신문을 읽어 보았다. 신문에는 이런 기사가 적혀 있었다.

요즘 시민들 사이에 대단한 뉴스 거리가 생겼다. 유명한 가수인 크리스틴 양과 샤니 백작의 동생인 라울이 사귀고 있다는 것이다. 두 사람은 보통 사이가 아닌 것으로 알려졌다. 라울은 크리스틴 양과 결혼할 생각이지만 과연 샤니 백작이 쉽게 허락을 할지 큰 관심을 끌고 있다. 어제 저녁에 일어난 권총 사건도 형제 사이의 다툼 때문일지 모른다는 추측이 나돌고 있다.

과연 두 형제의 우애와 라울과 크리스틴의 사랑 중에서 어느 쪽이 이길지 무척 궁금하다.

샤니 백작은 라울이 신문을 읽는 동안 타이르듯이 말했다.

"그 앙큼한 여자가 일부러 유령 이야기를 꺼내서 네 몸이 달아오르도록 만든 거야. 그런 말도 안 되는 이야기에 속아 넘어가다니 난 네 정신 상태가 의심스럽다."

"형님, 저는 집을 나가겠습니다. 이제부터 저를 찾지 마십시오!"

"뭐라고? 이 바보 자식아! 그까짓 여자가 그렇게 중요하냐? 난 그 여자보다도 못한 형이로구나!"

"형님, 안녕히 계세요!"

라울은 짤막한 인사만 남기고 집을 나왔다.

라울은 집을 나오자마자 크리스틴과 달아날 준비를 하기 시작했다. 말과 마차를 구하고, 비상 식량, 여행용 가방, 여행하면서 쓸 돈, 그리고 지도까지 빠짐없이 준비했다.

라울은 준비가 끝나자 오페라 극장 문 앞으로 가서 마차를 대기시켜 놓고 시간이 가기를 기다렸다.

그때 오페라 극장 안에서는 공연을 하고 있었다. 크리스틴이 나와서 노래를 불렀지만 이상하게 다른 때보다 힘이 없어 보였다. 크리스틴은 불안한 마음을 감춘 채 억지로 노래를 불렀다. 사람들은 크리스틴의 시들한 노래를 들으며 야유를 보냈다.

"에이, 그 정도밖에 안 되냐? 시시하다!"

바로 그때 객석에 카를로타가 나타났다. 그동안 노래를 못 하고 쉬었는데 오늘은 크리스틴이 얼마나 잘하는지 보려고 나타난 것이었다.

크리스틴은 카를로타가 들어오는 것을 보고 비로소 정신이 번쩍 들었다.

'그래, 도망갈 때 도망가더라도 지금은 노래를 열심히 부르자! 노래 말고는 아무것도 생각하지 말자. 이게 내 마지막 공연이 될지도 모르잖아.'

크리스틴은 온 힘을 다해 노래를 부르기 시작했다. 크리스틴

이 자신감을 갖고 노래를 부르자, 야유를 보내던 사람들이 슬그머니 입을 다물었다. 극장 안은 물이라도 뿌린 듯 고요해졌다. 모두 넋을 잃고 음악에 빠져들었다.

크리스틴을 지켜보고 있던 라울은 감동하여 자리에서 벌떡 일어나 두 손을 꽉 잡고 마음으로 응원을 보냈다.

"순수한 천사들이여! 눈부신 천사들이여! 나의 영혼을 저 하늘나라로 데려가 다오!"

크리스틴이 마지막 힘을 다해 열정적으로 노래를 불렀을 때 갑자기 극장 안이 캄캄해졌다.

"앗! 이게 뭐야? 누가 불을 껐지?"

"무슨 일이지? 어서 불을 켜라!"

사람들은 당황하여 여기저기서 비명을 질렀다.

그러나 어둠은 그리 오래가지 않았다. 조금 있으니 조명이 다시 환하게 켜졌다.

그런데 무대 위에서 노래를 부르던 크리스틴이 어디론가 사라지고 없었다. 그 짧은 순간에 감쪽같이 없어지다니, 사람들은 어리둥절해하며 이리저리 둘러보았다.

"혹시 아까 부른 노래처럼 하늘나라의 천사가 크리스틴을 데려간 것이 아닐까?"

"하늘로 솟았나? 땅속으로 꺼졌나?"

모두가 영문을 몰라 멀뚱멀뚱하고 있을 때 흥분한 몇몇 사람들이 무대 위로 올라갔다. 어떤 사람은 무대 뒤로 달려가기도 했다. 그 바람에 공연은 중단되고 말았다.

'아, 크리스틴!'

객석에 있던 라울은 잠시 멍하니 서 있다가 부랴부랴 자리를 떴다.

경찰서장의 수사

극장 안은 혼란에 휩싸였다. 사람들은 마구 뒤엉켜 밀고 당기며 아우성을 쳤다.

"크리스틴이 어디로 갔지?"

"혹시 샤니 백작이 사람을 시켜서 납치한 게 아닐까?"

"아냐. 라울이 그랬을 거야."

"어쩌면 유령의 짓인지도 몰라."

사람들이 이처럼 소란스럽게 떠들어 대고 있는데도 두 지배인은 코끝도 보이지 않았다.

부지배인 메르시에는 지배인이 안 보이자 툴툴거렸다.

"이봐, 비서! 도대체 이 두 분은 어딜 갔기에 이렇게 안 보이나?”

“무얼 하든지 절대로 방해하지 말라고 명령하던걸요. 그러니 저도 두 분이 뭘 하고 있는지 모릅니다.”

“허어, 극장 안이 온통 어수선한데 뭘 하고 있담?”

그때 무대 감독이 허겁지겁 달려와서 부지배인에게 이런 말을 했다.

“큰일 났습니다! 조명 책임자인 모클레르와 조수들이 안 보입니다. 크리스틴만 사라진 게 아니라고요. 이건 분명히 누군가가 미리 계획적으로 벌인 일 같습니다.”

부지배인은 일이 점점 꼬이자 비서에게 화를 버럭 냈다.

“어이, 비서! 극장 안이 난리가 났는데도 지배인에게 보고를 안 하면 되겠어? 꾸물거리지 말고 당장 가서 이 소동을 보고하게, 어서!”

그러자 비서가 득달같이 지배인 집무실로 달려갔다. 문을 한참 두드려도 아무 소리가 안 나더니 시간이 꽤 지난 다음에야 겨우 문이 열렸다.

“저어, 큰일이 났습니다!”

“무슨 일인가?”

“크리스틴이 납치되었습니다.”

"그녀에겐 오히려 잘된 일이군! 알았으니 어서 가서 안전핀이나 구해 오게."

"안전핀이라뇨?"

"허어, 안전핀도 모르나? 바지가 터졌을 때나 무엇을 잠시 꿰매어 둘 때 쓰는 핀 말이야!"

비서 레미는 지배인이 난데없이 왜 안전핀을 찾는지 몰라서 어리둥절했다.

"그건 어디에 쓸 건가요?"

"우리가 쓸 데가 있다는데 왜 꼬치꼬치 묻는 거야? 잔말 말고 빨리 가서 구해 와."

레미가 달려가서 구해 오자 몽샤르맹 씨는 안전핀을 낚아채더니 문을 쾅 하고 닫았다.

몽샤르맹 씨가 레미에게 안전핀을 구해 오라고 한 것은 유령에게 줄 돈봉투 때문이었다.

얼마 전에 유령은 달마다 2만 프랑을 봉투에 넣어서 5번 박스석에 가져다 놓으라는 편지를 보낸 적이 있었다.

몽샤르맹 씨와 리샤르 씨는 봉투에 2만 프랑을 넣은 다음에 지리 부인을 시켜서 5번 박스석에 가져다 놓게 하였다. 그러고는 끈질기게 지켜보다 나중에 봉투를 열어 보니 돈은 온데간데

없고 봉투 속에는 카드 몇 장만 들어 있을 뿐이었다.

두 지배인은 돈이 어떻게 사라졌는지 몰라서 끙끙 앓다가 지리 부인을 불렀다.

"지리 부인, 사실대로 말하시오! 당신이 돈을 가로챈 것이 아니오?"

"저, 저는 아닙니다. 저는 그저 유령이 시키는 대로 했을 뿐입니다. 용서해 주세요!"

그러자 몽샤르맹 씨는 뭔가 꼬투리를 잡았다는 듯 눈빛이 반짝 빛났다.

"호오, 유령이 시키는 대로 했다고요? 그래, 무슨 일을 했지?"

"진짜 돈봉투와 유령이 준 가짜 돈봉투를 바꿔치기한 다음에 진짜 돈봉투는 리샤르 씨 호주머니 속에 집어넣었습니다."

"뭐, 뭐라고요? 이봐요, 리샤르 씨! 그럼, 당신이 그 돈을 꿀꺽했단 말이오?"

"난 모르는 일이오. 왜 내가 그 돈을 가져가요? 지리 부인! 언제 당신이 내 호주머니에 돈을 넣었소? 이거 사람 미치겠구먼!"

지리 부인은 그날 밤 일어난 일을 또박또박 말했다.

"가짜 돈봉투를 소매 속에 넣어 두었는데 진짜와 바꾼 다음에 가짜는 5번 박스석에 가져다 두었지요. 그리고 진짜 봉투는 지배인님이 한눈을 팔 때 뒤에 가서 슬쩍 집어넣었어요.”

“아냐. 난 전혀 본 적이 없다니까요. 정말이라고! 하늘에 맹세할 수 있어요!”

그래도 몽샤르맹 씨가 계속 의심을 하자 리샤르 씨는 이렇게 말했다.

“왜 그래요? 난 모르는 일이라니까요. 만약 지리 부인이 정말 집어넣었다면 유령은 일단 돈봉투를 내 호주머니에 집어넣게 한 다음에 어느 순간에 다시 빼 갔을 테지요.”

“무엇 때문에 그런 장난을 했을까요?”

“그야 우리 두 사람이 서로를 의심하고 싸우게 만들려고 그랬겠죠.”

그래서 두 사람은 이번에는 지리 부인을 시키지 않고 직접 돈봉투를 갖고 있기로 했다. 두 사람은 2만 프랑을 봉투에 넣은 다음 레미에게 안전핀을 가져오게 했고, 그 안전핀으로 돈봉투를 꿰매 두었다. 다시 말하면, 리샤르 씨 호주머니에 돈봉투를 넣은 다음 안전핀을 꽂아 두었으니 누구도 마음대로 빼 갈 수 없게 만든 것이었다.

그러나 유령은 정말 귀신 같았다. 마치 마법사와도 같이 리샤르 씨 호주머니에 들어 있던 돈봉투를 감쪽같이 빼 가고 말았

다. 그 바람에 두 지배인은 또 싸우기 시작했다. 서로 돈을 훔쳐 갔다며 멱살을 움켜쥐고 싸우고 있을 때 경찰서장인 미프르와 씨가 찾아왔다.

"크리스틴 다에가 여기 있습니까?"

경찰서장이 방 안을 쓱 훑어보며 묻자 리샤르 씨가 대답했다.

"크리스틴 다에 말이오? 없는데 왜 그러시죠?"

몽샤르맹 씨는 리샤르 씨와 싸우느라 지쳐서 더 이상 말을 하지 못하고 소파에 주저앉아 있었다.

"실종 신고가 들어왔습니다. 우리는 빨리 그녀를 찾아야만 합니다."

"우리는 모릅니다. 돈 때문에 여기 방 안에만 틀어박혀 있었으니까요."

"허 참! 극장 안에서 일어난 일을 두 지배인이 모른다면 누가 알겠습니까? 듣자하니 공연 도중에 사라졌다고 하더군요. 하늘을 향해 한창 기도하던 중이었는데 갑자기 사라졌답니다. 혹시 천사들이 데리고 하늘로 올라간 것은 아닐까 하는 생각이 들 정도입니다."

"서장님, 천사가 데려간 게 맞습니다!"

느닷없는 목소리에 서장과 두 지배인이 돌아보니 언제 들어왔는지 라울이 창백한 얼굴로 방 한쪽 구석에 서 있었다.

“당신은 어째서 그렇게 생각하지요?”

미프르와 서장이 묻자 라울이 더듬더듬 말을 꺼냈다.

“경찰서장님! 그 천사의 이름은 에릭입니다. 그는 이 오페라 극장 지하에 살고 있지요. ‘음악의 천사’라는 별명도 갖고 있습니다.”

그 말을 듣고 경찰서장이 두 지배인에게 물었다.

“당신네 극장에서는 그런 천사도 키우시오?”

서장의 농담에 리샤르 씨와 몽샤르맹 씨는 웃지도 않고 고개를 좌우로 흔들었다.

라울은 말을 이어 나갔다.

“오, 저분들도 오페라의 유령이 있다는 이야기는 많이 들어 보았을 겁니다. 바로 그 오페라의 유령이 음악의 천사와 같은 인물입니다. 그러면 이해가 좀 되실 겁니다. 그의 진짜 이름은 ‘에릭’이고요.”

경찰서장은 무슨 뚱딴지 같은 말을 하느냐는 듯이 라울의 얼굴을 찬찬히 뜯어보며 말했다.

“설마 당신이 경찰을 가지고 놀려는 것은 아니겠죠?

만약 엉터리 소리를 했다간 당장 잡혀갈 줄 알아요!”

"역시 서장님도 내 말을 못 믿는 모양이군요. 내가 왜 이런 상황에 허튼소리를 하겠습니까?"

"좋아요. 그렇다면 당신이 알고 있는 이야기를 다 털어놓아 보시오."

"아마 저 두 지배인도 오페라의 유령에 대해 잘 알고 있을 겁니다."

"그렇습니까? 두 분도 오페라의 유령에 대해 많이 알고 있는가 보죠?"

경찰서장이 두 지배인을 번갈아 바라보자 리샤르 씨가 황급히 발뺌을 했다.

"아니요. 우리는 전혀 모릅니다. 다만 오늘 저녁에 현금 2만 프랑을 그 유령한테 도둑맞았습니다. 그래서 우리도 그 유령이 어떤 작자인지 좀 들어봐야 하겠습니다."

그러자 경찰서장이 오른손으로 콧수염을 만지며 이렇게 흥얼거렸다.

"흠. 하루 저녁에 여가수를 납치하고 돈 2만 프랑까지 훔쳐 가려면 그 유령도 꽤나 바빴겠는걸. 자, 그럼 하나씩 짚어 봅시다. 라울 씨, 당신은 크리스틴 다에 양이 에릭이라는 사람에게 납치당했다고 생각한단 말입니까? 그 사람을 본 적이 있나요?"

“그렇습니다.”

“어디에서 봤나요?”

“페로기렉의 묘지에서 봤습니다.”

그 말을 듣는 순간, 경찰서장은 손을 저어 라울의 말을 급히 끊었다.

“물론 그렇겠지. 대개 그런 장소에서 유령을 만난다고 하지. 그런데 당신은 그 묘지에 왜 갔소?”

“서장님은 내 정신 상태가 의심스럽겠지만 그건 사실입니다. 난 분명히 묘지에서 에릭을 만났으니까요. 내가 알고 있는 것을 다 말씀드릴 테니 오해를 푸시기 바랍니다.”

라울은 자기가 지금까지 보고 들은 것을 다 털어놓았다. 하지만 두 지배인과 경찰서장은 라울의 말을 믿지 않았다. 믿기는커녕 라울이 혹시 미친 것은 아닌가 하고 의심하는 눈치였다.

그때 갑자기 문이 활짝 열리더니 누군가 급하게 들어왔다. 그는 경찰서장한테 가서 낮은 목소리로 무엇인가를 속삭였다. 아마도 어떤 정보를 갖고 온 것 같았다. 경찰서장은 그 사람의 이야기를 듣더니 라울을 보고 입을 열었다.

“라울 씨! 유령 이야기는 그 정도면 됐습니다. 당신은 오늘 저녁에 크리스틴 양을 어디론가 데리고 떠날 작정이었죠?”

"네, 그렇습니다."

"그래서 마차도 극장 앞에 대기시켜 놓았고요."

"그렇습니다, 서장님."

"그런데 당신이 대기시켜 놓은 마차 말고, 다른 마차 세 대가 나란히 서 있었다는 것은 알고 있었습니까?"

"그건 자세히 보지 않아서 잘 모르겠는데요."

"그 세 대는 소렐리 양과 카를로타 양, 그리고 당신 형인 샤니 백작의 마차였습니다."

"그게 나와 무슨 상관이 있습니까?"

"상관이 있지요. 당신의 마차와 소렐리 양, 카를로타 양의 마차는 그대로 서 있는데 샤니 백작의 마차는 보이지 않는다는 겁니다."

"그래서요?"

"내 생각에는 어쩌면 당신 형이 당신보다 한 발 빨랐던 것 같습니다. 당신 형은 여태까지 당신이 크리스틴 양과 사귀는 것을 반대한다고 들었습니다. 그러니까 형이 먼저 크리스틴을 납치한 게 틀림없습니다. 어떻습니까? 내 추리가."

라울은 한 손을 가슴에 갖다 댄 채 마음을 진정하려고 애썼다.

"오, 그럴 리가! 그게 정말입니까?"

“앞으로 차차 밝혀지겠지만 크리스틴이 사라진 바로 그 순간에 당신 형이 마차에 올라 파리 시내 밖으로 미친 듯이 달려갔다고 하는군요.”

“그럼 형이 크리스틴을……?”

“그렇게밖에 생각할 수 없는 상황입니다. 아마 지금쯤은 파리 시내를 벗어났을 겁니다.”

“아, 그렇다면 지금이라도 쫓아가면 따라잡을 수 있어!”

라울은 말을 마치자마자 눈 깜짝할 사이에 밖으로 뛰어나갔다. 경찰서장은 라울 등 뒤에 대고 이렇게 소리쳤다.

“그녀를 만나거든 우리에게 데리고 와 주시오!”

경찰서장은 라울이 사라진 뒤에 두 지배인을 보며 점잖게 한마디 했다.

“어때요? 우리 경찰이 범인을 기를 쓰고 잡으러 다니지 않아도 이렇게 손 안 대고 일하는 방법이 있습니다. 우리는 가만히 앉아서 기다리기만 하면 되는 겁니다. 하하하!”

그러나 이 사건은 경찰서장의 생각과는 달리 점점 복잡하게 꼬여 가고 있었다.

오페라 극장의 지하 세계

라울이 총알같이 빠르게 밖으로 뛰어나갔을 때 누군가가 앞을 막았다.

"어딜 그리 바쁘게 달려가시오?"

라울이 눈을 들어 보니 덩치가 큰 사람이 뾰족한 모자를 쓰고 있었다.

"당신은 전에 만난 페르시아인이군요. 그런데 왜 날 가로막는 거요? 비켜요! 나 지금 바빠요!"

"라울 씨! 설마 여러 사람들한테 에릭의 비밀을 털어놓은 것은 아니겠죠?"

"내가 그 괴물 같은 사람의 비밀을 말한 것이 뭐가 잘못되었다는 겁니까? 당신이 그 녀석의 친구라도 됩니까?"

"오, 내가 에릭의 비밀이 폭로되지 않기를 바라는 것은 크리스틴 때문이오! 에릭의 비밀이 바로 크리스틴의 비밀이거든요."

라울은 짜증이 나서 신경질을 냈다.

"당신은 흥미 있는 것을 많이 알고 있는 모양이군요. 하지만 지금은 그런 이야기를 들을 시간이 없소. 어서 비켜요!"

"다시 묻겠소. 어디를 그리 바쁘게 가는 거요?"

"짐작하시겠지만 크리스틴을 구하러 가는 길이오."

"그렇다면 여기 그대로 있는 게 나아요. 크리스틴은 이 극장의 지하에 있습니다."

"에릭과 함께요?"

"그렇죠. 에릭과 함께!"

"그걸 당신이 어떻게 압니까?"

"나도 아까 공연을 보고 있었죠. 그런데 그 정도의 납치 사건을 연출할 사람은 에릭밖에 없습니다. 난 그 괴물의 손을 분명히 봤어요!"

페르시아인은 그 말을 하면서 한숨을 깊이 내쉬었다.

"그를 잘 아는 모양이군요? 당신이 무슨 뜻으로 나에게 접근했는지 모르지만 나를 도와줄 수 있겠소?"

"내 생각이 바로 그겁니다. 라울 씨! 그래서 내가 이렇게 당신을 가로막은 게 아니겠소?"

"그럼 나를 어떻게 도와줄 수 있습니까?"

"크리스틴과 그자의 뒤를 따라가도록 도와드리겠습니다."

"경찰서장의 말로는 형이 크리스틴을 납치했다고 하던데요?"

"틀렸어요. 내 생각에 샤니 백작은 그런 엉뚱한 일을 저지를 분이 아니오. 그렇다면 에릭밖에 더 있겠소?"

"그렇죠? 선생, 어서 서두릅시다. 당신에게 모든 걸 맡기겠소. 남들은 에릭에 대해 말해도 믿지 않는데 나를 비웃지 않는 사람은 오직 당신뿐이오!"

라울은 그렇게 말하면서 페르시아인의 손을 덥석 잡았다. 그의 손은 얼음장처럼 차가웠다.

그 순간, 페르시아인은 갑자기 행동을 멈추더니 벽에 귀를 바짝 갖다 대었다. 그러고는 안에서 들려오는 작은 소리에 신경을 곤두세웠다.

"쉿! 이제부터 에릭이라는 말 대신 '그'라는 말을 씁시다. 그래야 그의 감시에서 벗어날 수 있습니다."

"그러면 그가 지금 우리 가까이에 있다는 말인가요?"

"항상 경계를 게을리하지 말아야 합니다. 그는 신출귀몰하는

사람입니다. 그는 오페라 극장의 모든 땅속 길을 손바닥 안에 놓고 들여다보듯이 다 알고 있거든요. 그러니 벽 속, 마룻바닥, 천장 등 어디에도 있을 수 있습니다.”

오페라 극장의 지하 세계는 완전히 깜깜한 먹물 같았다. 페르시아인은 성큼성큼 앞장서 가면서 라울에게 계속해서 발소리를 죽이라고 주의를 주었다. 라울이 뒤를 따라가면서 보니 크리스틴과 극장 안의 미로를 헤맬 때 본 것과는 전혀 다른 지하 통로였다.

두 사람은 희미한 불빛이 보이는 방 앞을 지나 컴컴한 계단을 올라갔다가 또 내려가고 그러기를 여러 번 되풀이한 끝에 어느 문 앞에 도착했다.

페르시아인은 조끼 주머니에서 조그마한 만능열쇠를 꺼내 서슴없이 문을 열었다. 그런데 그 방은 뜻밖에도 크리스틴의 대기실이었다. 라울은 자기가 다니던 길 말고 또 다른 길이 있다는 것을 알고 놀랐다. 그렇다면 에릭도 이런 길을 이용해서 오갔을지 모른다는 생각이 들었다.

“오, 선생은 오페라 극장의 여러 길을 훤히 꿰고 있군요!”

“나도 지하에 오래 살아서 제법 알지만 ‘그’보다는 못합니다.”

페르시아인은 방 안을 잠시 돌아본 뒤에 널빤지 벽에 귀를 대고 듣더니 기침을 하였다. 그러자 널빤지 벽 너머에서 뭔가 부스럭거리는 소리가 들렸다. 페르시아인은 그 소리를 듣고는 문을 열어 주었다.

한 남자가 들어와서는 꾸벅 인사를 하고 화려한 모양의 상자 하나를 탁자 위에 올려놓았다.

"다리우스, 누가 본 사람은 없겠지?"

"네, 주인님!"

"나가는 것도 들키지 않도록 하게!"

하인은 문 밖을 날카롭게 쏘아본 다음에 날렵한 동작으로 방을 빠져나갔다.

라울은 크리스틴의 대기실에 있는 것이 불안했다.

"선생, 다른 곳으로 갑시다. 언제 사람들이 이곳으로 들이닥칠지 모르잖소? 경찰서장이 올지도 모르고."

"경찰서장은 걱정하지 않아도 됩니다."

페르시아인은 하인이 가져온 상자를 열었다. 상자 속에는 권총 두 자루가 들어 있었다.

"아니, 이게 뭡니까? 결투라도 하겠다는 겁니까?"

"네, 결국 결투를 하지 않을 수 없게 되었습니다."

페르시아인은 권총을 이리저리 살펴보고는 그 가운데 한 자루를 라울에게 건네주었다.

"자, 만일에 대비해 권총을 들고 갑시다. 상대는 한 명이지만 우리보다 훨씬 더 강합니다."

"선생, 그런데 당신은 왜 나를 도와주는 거죠? 당신도 그에게 무슨 원한이 있나요?"

"그에게 큰 원한은 없지만 나는 그가 하는 짓이 마음에 들지 않습니다. 죄 없는 크리스틴 양을 납치하는 것도 옳지 않은 일입니다. 그리고 자기 마음에 안 든다고 오페라 극장에 큰 혼란을 일으키는 것은 더욱 나쁜 일이지요. 극장 지하가 내 집이기 때문에 이 극장이 위험해지는 것을 두고 볼 수가 없습니다. 그래서 뭔가 힘이 될 수 있다면 나서기로 한 겁니다."

페르시아인은 그렇게 말한 뒤에 의자를 거울 쪽에 가져다 놓고는 벽 위를 더듬었다.

"이봐요, 뭐 하십니까? 어서 그를 찾으러 갑시다."

"가긴 어딜 간다는 거요?"

"그야 물론 괴물한테 가는 거죠. 어서 지하로 내려갑시다. 무슨 좋은 수가 있기 때문에 나를 도와준다고 한 것 아닙니까?"

"내가 지금 찾고 있는 게 바로 그거요. 그는 크리스틴의 대기실을 마음대로 드나들었으니까 분명히 그만 알고 있는 비밀 통로가 있을 겁니다. 그러니 그 비밀 통로를 찾아야만 합니다.”

가만히 보니 페르시아인은 벽에 딱 붙어서 손으로 여기저기 더듬으며 무엇인가를 찾고 있었다.

“아, 여기다!”

페르시아인은 소리를 지르더니 손가락으로 거울 위의 어느 한쪽 구석을 꾹 눌렀다.

그러자 거울이 회전문처럼 빙빙 돌아가기 시작했다. 뜻밖에도 거울 뒤에는 지하 세계로 내려가는 통로가 숨어 있었다.

“아! 이런 거울 속에 길이 숨어 있을 줄이야!”

라울은 페르시아인의 뒤를 따라 거울 속으로 들어가면서 가슴이 뛰는 것을 느꼈다. 에릭은 이런 길을 통해 크리스틴에게 접근했을 것이다. 크리스틴은 처음엔 이런 길이 있는 줄 몰랐기 때문에 그에게 감쪽같이 속았을 것이다. 라울이 그런 생각을 하면서 아무 생각 없이 척척 걸어가자 페르시아인이 나직하게 속삭였다.

“라울 씨! 몸을 낮추고 언제라도 총을 쏠 준비를 하세요!”

“알았습니다. 그런데 한 가지만 물어봅시다. 그가 이런 길을 다 만들었습니까?”

“그건 아닙니다. 오페라 극장을 처음 만든 사람이 자기만 아는

길을 만들어 놓았는데 그가 우연히 발견한 것이겠죠.”

페르시아인은 동굴 속 같은 길을 걸어가다가 땅바닥에 엎드려 네모난 뚜껑을 열었다. 그러고는 그 아래로 펄쩍 뛰어내렸다. 라울도 권총을 입에 물고 뛰어내렸다. 페르시아인이 몸으로 라울을 받아 주었다. 그곳에서 얼마쯤 걸어가니 옆에서 무슨 소리가 들렸다.

라울이 궁금해하며 무슨 소리냐고 묻자 페르시아인이 손으로 입을 가리면서 조용히 하라고 말했다. 숨을 죽이고 들어보니 옆에서 들리는 것은 경찰서장의 목소리였다. 라울과 페르시아인은 경찰서장이 있는 방의 벽 속에 숨어서 그의 말을 들었다.

경찰서장은 무대 감독을 불러서 크리스틴이 사라지던 날 왜 조명이 꺼졌는지를 조사하고 있었다. 경찰서장은 무대 감독을 데리고 지하 2층으로 내려가다 구석진 곳에 시체처럼 뻣뻣이 누워 있는 세 사람을 발견했다. 그들은 조명을 껐다 켰다 하는 조명 기사들이었다.

“윽! 이건 뭐야? 죽지 않은 걸 보니 누가 수면제를 먹였군! 이봐요, 무대 감독! 왜 이 사람들이 여기 누워 있죠?”

“글쎄요, 이런 일은 처음입니다.”

“흠, 누가 크리스틴을 납치하기 위해 이 사람들에게 수면제를 먹였군. 납치하기 위해 미리 치밀하게 준비했던 거야.”

페르시아인과 라울은 경찰서장이 있는 곳을 지나 지하 3층으로 내려갔다. 아래로 내려갈수록 주변 분위기가 더욱 어둑하고 음침해졌다.

이 오페라 극장은 지상 건물이 25층이고, 지하는 5층까지 만들어져 있었다. 지하에는 오페라가 잘 공연될 수 있도록 모든 시설이 갖추어져 있었다. 무대를 바꾸는 장치, 큼직큼직한 무대 장식들, 기중기와 쇠줄, 온갖 소도구들…….

라울은 금방이라도 유령이 튀어나올 듯한 계단을 하염없이 내려갔다. 두 사람은 멀리서 희부옇게 빛나는 불빛에 의지해 발 앞을 간신히 볼 수 있었다.

두 사람이 지하 3층에서 잠시 주변을 살피고 있을 때 어둠 속에서 황금빛 눈동자가 소리 없이 다가왔다. 몸뚱이는 없고 불길처럼 타오르는 얼굴만 공중에 떠 있어서 보기만 해도 소름이 끼쳤다. 페르시아인은 그 황금빛 눈동자를 보더니 신음하듯이 중얼거렸다.

“으으! 난생 처음 저것을 보는구나! 하지만 저건 그가 아니야! 자기 대신 저걸 보냈을 거야!”

그러고는 라울을 보고 다급하게 속삭였다.

“이봐요, 정신 바짝 차리시오! 손을 눈높이까지 올리고 도망 칩시다.”

지옥의 불길처럼 활활 타오르는 그 얼굴은 두 사람을 향해 곧 장 다가오고 있었다. 두 사람은 무조건 앞만 보고 정신 없이 달 아났다. 지하 5층까지 달아났을 때, 뒤를 돌아보니 황금빛 눈동 자가 여전히 뒤를 따라오고 있었다.

페르시아인이 숨을 헐떡거리며 말했다.

“그가 여간해서는 이 길로 안 다니는데 오늘은 뜻밖이군! 이 길은 그가 있는 지하 호수와는 전혀 상관 없는 길이거든요. 아 무래도 우리가 자기 뒤를 쫓고 있다는 것을 눈치챈 모양이오.”

그뿐만 아니라 정체를 알 수 없는 시끄러운 소리가 들리기 시 작했다. 그 소리는 황금빛 눈동자와 함께 이쪽으로 점점 다가오 고 있었다.

두 사람은 주춤주춤 뒷걸음질을 쳤지만 점점 거리를 좁혀 오 는 황금빛 눈동자로부터 벗어날 수 없었다. 두 사람은 어쩔 수 없이 벽에 딱 붙어 숨만 가느다랗게 내쉬었다.

이윽고 황금빛 눈동자가 가까이 다가오면서 무시무시한 소리 가 두 사람을 덮쳤다. 그 소리의 정체를 안 순간 두 사람은 “으 악!” 하고 비명을 질렀다. 어마어마한 쥐 떼가 두 사람의 다리를 타고 몸으로 기어 올라왔다. 라울은 기절할 것만 같았다.

그제야 라울은 그 용감한 소방대장이 지하에서 왜 기절했는지 짐작이 갔다. 라울이 쥐 떼 때문에 몸서리를 치고 있을 때 황금빛 눈동자가 이렇게 외쳤다.

"꼼짝 마시오! 움직이면 큰일 나요! 내 뒤를 쫓아오다가는 큰 코다치니 조심하라고! 난 쥐를 잡는 사람이오. 내가 쥐들과 함께 무사히 지나가도록 못 본 체하시오!"

알고 보니 쥐 잡는 사람이 작은 램프를 머리 위에 치켜들고 있어서 황금빛 눈동자처럼 보인 것이었다. 쥐 잡는 사람은 우글거리는 쥐 떼를 몰고 빠른 걸음으로 멀어져 갔다. 페르시아인은 쥐 잡는 사람이 보이지 않자 한숨을 내쉬었다.

"후유! 하마터면 죽을 뻔했네! 나도 이 극장의 지하에 대해서는 어지간히 안다고 자부했는데 내가 모르는 것도 있군요. 쥐 잡는 사람이 있다는 말은 들었는데 저렇게 하고 다니는 줄은 몰랐소. 아무튼 난 그 괴물의 장난인 줄 알고 놀랐는데 그건 아니군요."

라울 역시 이마에 흐르는 식은땀을 닦아 내며 기운을 차린 표정으로 말했다.

"그럼, 여기는 지하 호수에서 먼가요? 에릭이 지하 호수 옆에

산다던데."

"이런 딱한 양반아! 우리는 지하 호수 쪽으로 들어가지 않을 것이오."

"왜 그쪽으로 가지 않죠?"

"이미 그가 지하 호수 쪽으로 가는 길에 수많은 방어물을 만들어 놓았을 거요. 그 호수를 건너가려다 많은 사람들이 죽거나 실종되었어요. 나도 한때 멋모르고 호수를 건너가다 죽을 뻔했는데 그가 구해 주어서 다행히 목숨은 건졌소."

"그렇다면 여기는 뭐 하러 온 겁니까? 당신이 나를 도와줄 수 없다면 나 혼자 죽도록 내버려 두시오."

페르시아인은 라울을 달래며 차분히 말했다.

"이봐요, 라울 씨! 크리스틴을 구할 수 있는 길은 오직 하나입니다. 괴물이 모르게 그의 집으로 숨어 들어가는 것이지요."

"희망을 가져도 되겠습니까?"

"불가능하다면 내가 당신을 데리고 갈 이유도 없지요. 나를 믿으시오!"

"호수를 거치지 않는다면 어디로 들어갑니까?"

"아까 쥐 잡는 사람 때문에 도망쳐 왔는데 다시 지하 3층으로 갑시다. 그 3층에 비밀 통로가 있어요. 무대 장치 책임자였던 조셉 뷔케 씨가 죽은 곳 말입니다.”

“아! 그 목매달아 죽었다는 무대 장치 책임자 말인가요?”

“그렇소! 내 생각에는 조셉 뷔케 씨가 비밀 통로를 발견했을 겁니다. 그래서 그가 가만히 내버려 두지 않은 거지요.”

페르시아인은 심지가 다 닳은 램프에 새로 불을 붙인 다음에 앞장섰다. 두 사람은 한 계단 한 계단 조심스럽게 걸어 올라갔다. 그렇게 해서 다시 3층으로 돌아갔다.

페르시아인은 조셉 뷔케 씨가 죽었던 자리를 자세히 살피기 시작했다. 벽을 더듬고 바닥을 샅샅이 훑어보다가 벽 한 모퉁이에 있는 어느 부분을 지그시 눌렀다.

그러자 벽의 한쪽이 스르르 문처럼 열렸다. 사람이 허리를 구부리고 들어갈 만한 구멍이 생겼다. 두 사람은 그 구멍 속으로 몸을 집어넣었다. 구멍은 매우 좁았다.

한창 잘 기어가던 페르시아인이 문득 주춤했다. 앞이 막힌 모양이었다. 페르시아인은 램프를 꺼내 불을 붙인 다음에 몸을 기울여 아래를 살펴보았다.

“여기서 몇 미터 아래로 떨어지게 되어 있소. 소리가 나면 안 되니까 신발을 벗고 뛰어내립시다.”

페르시아인은 그 말을 마치자 용감하게 먼저 뛰어내렸다. 뒤

이어 라울도 아래를 향해 몸을 날렸다.

밑으로 내려간 두 사람은 벽에 귀를 대고 무슨 소리가 들리나 들어 보았다. 라울은 크리스틴의 목소리가 들리기를 바랐지만 아무 소리도 들리지 않았다.

라울은 당장에라도 이렇게 외치고 싶었다.

'크리스틴! 나요! 내가 왔소! 무사하다면 대답해 보시오!'

하지만 크리스틴을 향해 소리치고 싶은 마음을 간신히 억누르고 있었다. 페르시아인은 다시 램프에 불을 붙인 다음에 머리 위를 살펴보더니 투덜거렸다.

"이런 젠장! 우리가 들어온 구멍이 어느새 닫혔소!"

라울은 그 말을 듣자 온몸이 오싹해졌다. 그 괴물이 지금 어디선가 두 사람을 지켜보는 것만 같았다.

고문실에 갇혀서

"어떻게 된 일입니까? 혹시 그에게 들킨 것은 아닌가요?"

라울은 머리카락이 곤두서는 것만 같았다. 페르시아인은 불을 비춰 방 안을 둘러보고 바닥에서 올가미 하나를 주워 들더니 몸을 부르르 떨었다. 그건 바로 조셉 뷔케 씨의 목에 걸려 있던 올가미였다.

"쉿! 조용히 하시오. 우리는 지금 고문실로 떨어졌소!"

"예? 그러면 우, 우린 어떻게 되는 겁니까?"

"절대로 움직이지 말고 서 계시오. 꼼짝하면 큰일 나요!"

두 사람이 들어온 방은 육각형 모양에 사방이 거울로 둘러싸여 있었다. 두 사람은 거울에 비쳐 여러 사람으로 보였다.

에릭이 자기 집에 함부로 들어오지 못하도록 이런 함정을 만들어 놓은 모양이었다.

방 안에는 강철로 된 나무들이 여러 그루 서 있었는데 마치 밀림 속과 같았다. 그 강철 나무에 벌써 몇 사람의 목을 매달았는지 알 수 없어서 보기만 해도 섬뜩했다.

라울이 사시나무 떨듯 떨자 페르시아인이 팔을 꽉 붙잡았다.

"힘을 내요! 하늘이 무너져도 솟아날 구멍이 있다지 않소?"

그때 바로 옆에 붙은 다른 방의 문이 열렸다가 닫히는 소리가 들렸다. 조금 뒤 다음과 같은 말소리가 새어 나왔다.

"흐흐, 결혼 미사를 택하느냐, 장례 미사를 택하느냐, 둘 중 하나지."

바로 에릭의 목소리였다.

이어서 긴 신음 소리가 들리더니 잠잠해졌다.

페르시아인은 조금 안심이 되었다. 에릭이 저렇게 목소리를 크게 내는 걸로 봐서 아직은 침입자가 있다는 걸 모르는 것 같았다.

그때 또 에릭의 목소리가 똑똑히 들려왔다.

"장례 미사는 즐겁지 않지만 결혼 미사는 황홀할 거야! 자, 어서 결정을 하시오. 나도 언제까지나 두더지처럼 땅속에 갇혀서 살 수만은 없소. 다른 사람들처럼 사랑하는 여자와 일요일에 함께 산책도 하고 싶소! 오, 울고 있군! 나를 두려워하는 거요? 하지만 나는 겉모습은 끔찍해도 속까지 나쁜 사람은 아니오. 나를 한번 사랑해 봐요. 그럼 알게 될 거요. 나도 사랑만 받는다면 얼마든지 좋은 사람이 될 수 있어요! 당신이 날 사랑해 준다면 나는 양처럼 온순해질 거요. 뭐든 당신이 바라는 대로 될 수 있어요.”

에릭이 크리스틴에게 간절히 애원하는 소리가 이어졌다. 에릭이 그처럼 애타게 말하는 것도 처음 있는 일이었다. 에릭은 지금 크리스틴 앞에 무릎을 꿇고 빌고 있는지도 몰랐다.

그래도 아무런 대답이 없자 에릭은 땅이 꺼지도록 한숨을 내쉬었다.

“아! 당신은 날 사랑하지 않는구려! 날 사랑하지 않는다고!”

그리고는 긴 침묵이 이어졌다.

라울은 크리스틴이 혼자 남아 있기를 바랐다. 크리스틴이 자신을 구하러 온 줄 알면 문을 열어 줄 텐데. 두 사람은 사방을 에워싼 거울 어디에 탈출구가 있는지 도저히 알 수 없었다.

별안간 요란한 초인종 소리가 울려 퍼졌다. 그 소리를 들은 에릭이 천둥처럼 고함을 내질렀다.

“오호라! 누가 날 찾아오셨군! 누군지 모르지만 어려운 발걸음을 했어. 가서 손을 봐 주고 와야지.”

문 닫는 소리와 함께 발소리가 멀어져 갔다. 라울은 그 틈을 타서 거울 벽을 두드리며 크리스틴의 이름을 불렀다.

“크리스틴! 크리스틴! 나요, 라울이오! 내가 왔소!”

아무리 불러도 대답이 없었다. 라울은 목이 터져라 또 소리를 질렀다.

“크리스틴! 대답 좀 해 봐요. 혼자 있으면 제발 뭐라고 대답 좀 해 봐요! 크리스틴!”

그러자 이윽고 크리스틴의 대답이 희미하게 들렸다.

“오, 이게 꿈이 아닌가요? 라울! 어디 있어요?”

“그렇지! 맞아요! 나, 라울이오! 당신을 구하러 왔소! 여기요, 여기!”

크리스틴은 라울의 목소리를 듣고 자기를 구하러 왔다는 것을 알았다. 그렇지만 라울이 자기를 구하기도 전에 에릭에게 목숨을 잃을까 봐 걱정이 되었다.

“라울! 그가 오기 전에 어서 여길 떠나요!”

“난 당신을 구해야만 떠날 거요.”

“에릭은 내가 시장과 성당 신부님 앞에서 결혼 서약을 하지 않으면 오페라 극장에 들어오는 모든 사람과 나를 죽이려고 작정하고 있어요. 당신은 그를 이길 수 없어요! 제발, 어서 가세요!”

“에릭은 지금 어디에 있소?”

“밖으로 나간 것 같아요.”

“그러면 어서 우리가 갇혀 있는 고문실의 문을 열어요.”

“저는 지금 꼼짝도 할 수 없어요. 묶여 있거든요.”

그 말에 라울과 페르시아인은 동시에 신음을 내뱉었다.

“오, 이런 제기랄! 이제 어쩌면 좋아? 어떻게 그녀가 있는 곳까지 가지?”

라울이 어쩔 줄 모르고 있을 때 크리스틴이 안타까운 목소리로 말했다.

“대체 어디 계세요? 이 방에는 두 개의 문밖에 없어요. 하나는 에릭이 드나드는 문이고, 다른 하나는 위험한 고문실이니 절대로 손대지 말라고 했어요.”

“오, 크리스틴! 우리가 바로 그 문 뒤에 있소!”

“아니, 그럼 고문실에 있단 말인가요?”

“그렇소. 아무리 둘러봐도 문이 보이질 않소.”

“여기서 보이는 문은 자물쇠로 잠겨 있어요. 열쇠가 어디 있는지는 아는데 이렇게 묶여 있으니…….”

그러고는 흐느끼는 소리가 들려왔다.

라울은 크리스틴이 울자 안절부절못했지만 페르시아인은 침착하게 말했다.

"여보세요! 어떻게 하든지 우선 그를 안심시키고 풀어 달라고 하세요. 묶인 데가 아프다고 사정하면 풀어 줄지도 몰라요. 그래야 우리를 구할 수 있습니다."

그때 무슨 소리가 들렸는지 크리스틴이 조용히 하라는 신호를 보냈다.

세 사람은 모두 꼼짝 않고 숨을 죽였다.

발소리가 들리더니 에릭이 방 안으로 들어왔다. 에릭이 들어오자 크리스틴이 소리내어 울기 시작했다.

"크리스틴, 왜 우는 거요?"

"아파서 그래요, 에릭."

"나 때문에 무서워서 우는 줄 알았소."

"에릭, 이 끈 좀 풀어 주세요. 나는 이미 갇힌 몸이잖아요?"

"풀어 주면 자살할지도 모르니 그렇게 할 수 없소."

"에릭, 내일 저녁 11시까지는 내가 결심할 여유를 준다고 했잖아요?"

에릭은 크리스틴 옆으로 다가가 끈으로 묶인 손목을 만져 보았다.

"알았소. 끈에 묶인 자리가 아프겠군. 나를 원망했소? 끈은 풀어 주겠소. 그렇지만 내 마음도 헤아려 주시오. 난 지금 다급하오. 당신이 나와 결혼하지 않겠다면 같이 죽읍시다. 내가 싫다면 지금이라도 그냥 싫다고 말해요. 그러면 모든 것을 끝장내 버리겠소. 모두 다 말이오."

에릭은 크리스틴을 풀어 주고 나서 노래를 부르기 시작했다. 그 노래는 가슴 깊은 곳에서 우러나오는 듯했다. 크고 굵은 목소리에 집 전체가 울렸다. 노래는 묘지나 성당에서 죽은 사람을 위해 부르는 구슬픈 곡조였다.

갑자기 노래가 뚝 그치더니 무뚝뚝한 목소리가 들렸다.

"지금…… 내 가방을 가지고 뭐 하는 거지?"

라울은 크리스틴이 들킨 것을 알고 가슴이 두근거렸다. 지금까지 담담하던 페르시아인의 얼굴색도 하얗게 질렸다. 무뚝뚝한 목소리가 다시 한 번 되물었다.

"무엇 때문에 내 가방 속을 뒤지느냐고 물었잖소?"

크리스틴은 어차피 들켰으니 대담하게 나갔다.

"가방 좀 가져다 달라고 하지 않았나요?"

그러고는 숨을 곳을 찾으려는 듯 라울이 있는 방 쪽으로 황급히 뛰어갔다.

에릭은 그녀 뒤를 쫓아와 사정없이 다그쳤다.

"왜 도망치는 거죠? 내 가방을 돌려줘요. 내 목숨이 달린 가방이라는 걸 잘 알 텐데."

그 순간, 크리스틴은 한숨을 깊이 내쉬었다.

"후유, 내 말 좀 들어 봐요, 에릭! 이제 우리가 함께 살아야 할지 모르잖아요? 그렇다면 당신 물건이 내 물건일 수도 있어요. 그러니 용서해 주세요."

크리스틴은 두려운 마음을 떨쳐 버리려고 온몸에 남은 마지막 힘까지 쥐어짜 냈다.

크리스틴이 그럴듯하게 둘러댔지만 에릭은 그 정도에 속아 넘어갈 만큼 어리석지는 않았다.

"허어, 그 안에는 열쇠 두 개만 달랑 들었는데 그걸로 뭘 하려고 그랬소?"

"당신이 내게 늘 숨겨 온 저 방을 보고 싶어서 그래요. 자꾸 숨기니까 더 보고 싶다고요."

크리스틴은 일부러 명랑한 척 말을 이어 나갔지만 어쩐지 어색한 말투였다. 에릭의 의심은 더 커졌다.

"쓸데없는 호기심은 필요 없어요. 자, 가방을 이리 내놓아요. 그 안에 있는 열쇠를 달란 말이오."

　에릭은 가까이 다가가서 가방을 홱 낚아챘다. 크리스틴은 빼앗기지 않으려고 안간힘을 쓰다 힘없이 빼앗겨 버리자 땅바닥에 나뒹굴며 비명을 질렀다.

　고문실에서 그런 상황을 엿듣고 있던 라울은 더 이상 참을 수 없어서 고함을 버럭 질렀다. 페르시아인이 미처 입을 막을 틈도 없이 고함 소리가 새어 나가 버렸다.

　"어라, 이건 또 무슨 소리야? 크리스틴! 당신도 들었소?"

　"아니요. 난 전혀 못 들었어요."

　"누군가 고함을 지른 것 같은데……."

　"고함이라니요? 에릭! 정신이 어떻게 된 거 아니에요? 이렇게 외진 곳에서 당신 말고 누가 고함을 지르겠어요? 당신이 가방을 낚아채는 바람에 내가 비명을 지르긴 했죠. 아무튼 난 아무 소리도 못 들었어요."

　에릭은 크리스틴 얼굴을 가까이에서 빤히 들여다보며 이죽거렸다.

　"흐흐, 당신이 떨면서 말하는 걸 보니 거짓말을 하고 있군그래. 누군가 분명히 소리를 질렀다고! 그래, 고문실에 누가 있는 거야. 그래서 열쇠를 찾았구나!"

　"거긴 아무도 없어요. 에릭……."

“이제야 알겠어.”

“아무도 없다니까요.”

“아무도 없다고? 그게 아니겠지. 당신의 약혼자가 아닐까?”

“뭐라고요? 나한테 무슨 약혼자가 있다고 그래요? 내겐 그런 거 없어요. 당신도 잘 알잖아요?”

그러자 에릭이 무서운 얼굴을 더 흉하게 일그러뜨리며 빈정거렸다.

“그게 사실인지 아닌지는 곧 알 수 있을 거야. 귀여운 크리스틴! 저 고문실에 누가 있는지 알아볼까? 당신의 가엾은 약혼자가 와 있으니 혼자 죽는 것이 두렵진 않겠군.”

에릭이 스위치를 켜자 고문실 천장에 매달려 있는 커다란 불판에 불이 켜졌다. 페르시아인과 라울의 머리 위로 뜨거운 열이 폭포수처럼 쏟아졌다. 어찌나 뜨거운지 벽에 붙은 거울들이 이글이글 타오를 것만 같았다.

에릭은 먹잇감을 노리는 사자처럼 고문실을 노려보며 입술을 잘근잘근 깨물었다.

“누가 고문실로 들어왔다면 스스로 무덤을 판 셈이야! 어리석은 손님들이지! 이제부터 슬슬 고문이 시작될 거야!”

“아, 어떻게 고문을 할 건가요? 에릭, 제발 나를 괴롭히지 마세요! 나를 사랑한다면 당장 멈춰요! 왜 끔찍한 고문을 하는 거죠?"

"누가 들어오지 않았다면 고문할 필요가 없지. 누가 있는지 당신이 사다리를 타고 올라가 안을 한번 들여다보시오."

"……."

"어서 올라가 봐요. 아니면 내가 올라가 볼까?"

"알았어요. 내가 올라가 볼게요."

크리스틴은 사다리를 타고 올라가서 고문실 안을 들여다보았다.

"아무도 없군요!"

"아무도 없어? 진짜 아무도 없단 말이야?"

"정말이에요. 아무도 없어요."

"그거 다행이로군! 자, 이제 내려와요. 그런데 고문실 안의 경치는 어떻던가?"

"숲이 보이고 나무도 있던데 왜 고문실이라고 하죠?"

그 말을 듣고 에릭은 피식 웃었다.

"그 방에 있는 나무는 그냥 나무가 아니라 목을 매다는 나무야. 그래서 고문실이라고 하는 거지."

"에릭, 제발 부탁이에요! 저 방 천장에 있는 불 좀 꺼 주세요! 여기까지 뜨거워서 못 참겠어요. 벽이 아주 뜨거워요. 이러다간

벽이 타 버릴 것 같아요."

크리스틴은 고문실을 힐끗 들여다보았을 때 두 사람이 방 한쪽 구석에 있는 것을 보았다. 두 사람은 불판에서 쏟아지는 뜨거운 열 때문에 땀을 뻘뻘 흘리고 있었다. 그래서 에릭에게 불을 꺼 달라고 애원한 것이다. 에릭은 크리스틴이 아무리 사정해도 못 들은 척했다.

그래도 크리스틴이 자꾸 귀찮게 매달리자 에릭은 그녀를 뿌리쳤다. 그 바람에 크리스틴은 옆으로 힘없이 풀썩 쓰러졌다. 크리스틴은 너무나도 긴장하고 있었기 때문에 바닥에 쓰러지면서 머리를 부딪치자 그만 정신을 잃고 말았다.

에릭은 축 늘어진 크리스틴을 안고 다른 방으로 사라졌다.

유령의 최후

거울로 둘러싸인 방은 갈수록 뜨거워졌다. 천장의 불판이 내뿜는 열기는 사막의 더위보다도 더 강했다. 라울은 정신이 나간 사람처럼 고함을 질러 대며 갈팡질팡했다.

"에릭! 이 녀석아, 숨어 있지 말고 나와라! 어서 내 앞에 모습을 나타내란 말이야!"

라울은 권총을 휘두르며 발로 거울 벽을 마구 찼다.

페르시아인은 라울을 진정시키려고 애썼다.

"라울 씨! 크리스틴을 구하려면 정신을 차려야 합니다. 그렇게 고함을 지르면 크리스틴한테 이로울 게 없습니다. 침착하게 빠져나갈 구멍을 찾읍시다!"

"우리는 죽었다고요. 무슨 수로 이곳을 빠져나갑니까?"

라울은 절망에 찬 얼굴로 말했다.

"아니요. 반드시 나갈 구멍이 있을 겁니다. 당신이 차분히 있기만 하면 한 시간 안에 나갈 곳을 찾아낼게요."

그러자 라울은 바닥에 주저앉으며 힘없이 중얼거렸다.

"모르겠어요. 난 어떻게 할 수 없으니 당신이 잘해 봐요. 하지만 희망이 없어 보여요."

페르시아인은 거울을 유심히 살펴 나갔다. 거울에는 금이 간 곳이 많았다. 전에도 누군가가 이곳에 들어와 몸부림을 치다 거울에 흠집을 낸 모양이었다. 빠져나갈 구멍을 찾지 못하고 미쳐 날뛰는 바람에 거울에 금이 갔을 것이다.

'어쩌면 조셉 뷔케 씨도 이 방에서 고통을 당하다가 참지 못하고 스스로 목을 매었을 거야.'

페르시아인은 이런 생각을 하며 거울을 살폈다.

그는 오페라 극장의 지하에서 오래 살았기 때문에 벽처럼 꽉 막힌 곳도 자세히 살펴보면 빠져나갈 문이 있다는 것을 알았다. 이 지독한 고문실에도 어딘가 밖으로 나갈 단서가 숨어 있을 것이었다. 그래서 뜨거운 열기 속에서 비지땀을 흘리며 거울 벽을 샅샅이 훑어 나갔다.

페르시아인은 키가 닿는 곳까지 까치발을 하여 손으로 더듬었다. 여섯 개의 면 중에서 반을 훑었는데도 빠져나갈 실마리를 찾지 못했다.

그때 누워서 쉬고 있던 라울의 입에서 또 비명이 터져 나왔다.

"으흑, 숨이 막혀요. 목도 마르고. 이대로 가다간 온몸이 익어 버리고 말겠어요."

페르시아인도 더운 것은 마찬가지였지만 그냥 앉아서 죽기만을 기다릴 수는 없었다. 페르시아인은 아직 살펴보지 않은 벽을 살피고 더듬어 나갔다. 땀을 많이 흘린 탓에 지쳐서 자꾸만 바닥에 거꾸러졌지만 악착같이 다시 일어났다.

"난 여기서 살아 나갈 수 있어. 문을 찾을 수 있다고. 이까짓 정도의 고문실에서 죽을 내가 아니야!"

갑자기 눈앞에 독뱀이 나타나서 혀를 날름거리고, 사자가 나무 틈에서 나와 으르렁거렸다.

페르시아인은 '이제 죽었나 보다.'고 생각하며 눈을 감았다가 다시 떴다. 그러나 뱀과 사자는 어디로 갔는지 보이지 않았다. 기운이 빠져 헛것을 본 모양이었다.

'안 돼. 정신을 차려야 해. 여기서 무너지면 안 돼.'

페르시아인은 정신을 놓지 않으려 애를 썼다.

라울은 목이 마르고 어지러워 더 이상 견딜 수가 없는지 권총으로 이마를 겨냥했다.

"난 더 못 참겠소. 어차피 크리스틴도 죽을 텐데 내가 더 살아서 뭐 하겠소? 먼저 갑니다!"

라울은 권총의 방아쇠를 당기려고 했다.

페르시아인은 거울 벽을 다 살펴보아도 아무런 단서를 못 잡자 강철 나무를 살펴보았다. 한 나무를 보니 올가미가 대롱대롱 매달려 있었고, 그 올가미 끝에는 작은 못이 박혀 있었다. 그 못은 올가미와는 아무 상관도 없는 것이었다.

"아, 바로 이거야!"

페르시아인은 기뻐서 환호성을 지르려는 순간, 라울이 권총을 쏘려고 하는 것을 보았다.

"라울 씨, 안 돼요!"

페르시아인은 화들짝 놀라 라울의 손을 쳐서 권총을 바닥에 떨어뜨렸다.

"라울 씨! 드디어 찾아냈어요! 우린 나갈 수 있어요!"

페르시아인은 작은 못을 잡고 요리조리 흔들었다.

그러자 바닥에서 덜컹 소리가 나더니 뚜껑 문이 열렸다. 시커먼 구멍 속에서 시원한 공기가 밀려들었다.

두 사람은 사막에서 오아시스라도 찾은 듯이 구멍 속에 머리를 넣고 상큼한 공기를 실컷 마셨다.

정신이 들자 페르시아인은 구멍 속으로 들어갔고 라울이 그 뒤를 따랐다. 그 안에는 지하로 내려가는 계단이 있었다. 램프를 켜 들고 계단을 내려가니 계단 끝에는 넓은 창고가 있었다. 창고 안에는 둥근 통들이 가득 쌓여 있었다. 포도주를 담아 놓은 통인가 싶어 두 사람은 입맛을 다시며 통을 열어 보았다.

그런데 통을 열어 본 순간, 두 사람은 놀라서 뒤로 넘어갈 뻔했다. 통 안에는 포도주가 아니라 화약 가루가 담겨 있었다.

'이 많은 통에 모두 화약 가루가 담겨 있다면……?'

라울은 몸을 부르르 떨었다.

"모든 것을 끝장내고야 말겠다는 에릭의 협박이 거짓말은 아니었군요! 이만한 양이면 오페라 극장을 산산조각 낼 수 있겠어요. 정말 엄청나네요!"

페르시아인은 문득 지금 시각이 궁금했다. 내일 밤 11시까지 기다렸다가 크리스틴이 대답하지 않으면 결판을 내겠다고 한 에릭의 말이 떠올랐다.

이미 하루가 지났을지도 모른다. 페르시아인은 마음이 바빠졌다. 당장에라도 저 많은 화약통이 '꽝!' 하고 폭발할 것만 같았다. 온 사방에 화약 냄새가 진동했다.

그래서 정신없이 계단을 뛰어 올라갔다. 다행히 아까 열렸던 뚜껑 문은 그대로 열려 있었다. 다시 고문실로 들어가 보니 이상하게도 불이 꺼져 있었다.

불이 꺼져서 덥지 않은 것은 좋은데 한 치 앞도 분간할 수 없으니 공포감이 밀려왔다.

'저 아래에 있는 화약통이 당장 폭발한다면……. 아, 지금은 도대체 몇 시일까?'

이젠 불을 켤 성냥도 떨어지고 없었다. 할 수 없이 권총으로 벽에 붙은 시계의 유리를 깬 다음 손으로 더듬어 보았다. 숫자판을 더듬어 보니 오전 11시 10분쯤 된 것 같았다. 밤 11시까지는 약 12시간이 남아 있었다.

그때 옆방에서 발소리가 들렸다. 두 사람이 신경을 곤두세우며 숨을 죽이고 있는데 벽을 두드리는 소리가 났다.

"라울, 라울!"

크리스틴의 목소리였다. 세 사람은 벽을 사이에 두고 동시에 소리를 질렀다.

"크리스틴! 에릭은 지금 어디에 갔소?"

"저와 계속 실랑이를 벌이다 잠시 머리를 식히러 밖에 나갔어

요!"

"그럼, 지금 몇 시쯤이오? 아직 11시가 되려면 멀었지요?"

"아니오. 이제 시간이 다 됐어요. 지금 밤 11시 5분 전이에요."
크리스틴은 가쁜 숨을 몰아쉬며 대답했다.

"내가 울면서 고문실 열쇠를 달라고 하자 그는 말을 듣지 않았어요. 나와 말다툼을 벌이다 그가 밖으로 나가면서 마지막 기회를 준다고 하더군요. 두 개의 상자를 내밀면서 하나를 선택하라고 했어요.

두 개의 상자 위에는 청동으로 만든 전갈과 메뚜기가 하나씩 붙어 있었어요. 내가 전갈을 거꾸로 돌려놓으면 그의 사랑을 받아들인다는 뜻이고, 메뚜기를 거꾸로 돌려놓으면 사랑하지 않는다는 뜻으로 생각하겠대요. 우리가 신방을 차릴지 시체로 변할지 모든 것이 내 행동에 달렸다며 겁을 주고는 나갔어요."

페르시아인과 라울의 머릿속에는 전갈과 메뚜기가 나타나 사납게 싸우고 있었다. 5분 안에 결정하지 않으면 모두가 시체로 변해 버릴 것이었다. 그러는 사이에도 시간은 빠르게 흘러가고 있었다. 이제 더 이상 망설일 시간이 없었다.

라울이 일그러진 얼굴로 소리를 질렀다.

"크리스틴! 어쩔 수가 없어요! 우리 두 사람의 사랑보다 많은 사람의 생명이 더 소중해요! 그러니 어서 전갈을 거꾸로 돌려놓아요!”

그때, 페르시아인이 버럭 소리를 질렀다.

“잠깐만! 아직 만지지 마세요!”

페르시아인은 에릭이 어쩌면 속임수를 썼을지도 모른다는 생각이 들었다. 아무리 사정하고 달래도 크리스틴이 말을 안 들으니 차라리 같이 죽으려고 수를 꾸며 놓았을 수도 있겠다고 생각했다. 메뚜기가 아니라 전갈을 돌려놓으면 화약통이 터지도록 말이다.

그러고 있는데 크리스틴이 나직하게 속삭였다.

“그가 돌아오고 있어요. 쉿, 조용히!”

방문이 열리는 소리와 함께 에릭이 들어왔다.

페르시아인은 고문실을 빠져나갈 방법이 없으니 할 수 없이 에릭에게 사정하는 수밖에 없다고 생각했다. 그래서 벽을 두드리며 에릭을 불렀다.

“에릭, 나요! 페르시아인이오. 기억이 납니까? 지하에서 몇 번 만났잖아요? 지금까지 우리는 나쁜 사이가 아니었잖소? 제발 도와주시오!”

“흠, 그 안에서 아직도 안 죽었는가? 그러면 조용히 하고 있게. 자꾸 귀찮게 굴면 모두 한 방에 날려 버리겠어!"

잠시 침묵이 흐르다가 에릭이 크리스틴을 보고 말했다.

"자, 사랑하는 그대여! 어서 하나의 열쇠를 선택하시오! 이제 2분 남았소! 전갈을 고르지 않으면 내가 직접 메뚜기를 돌려놓겠소. 그러면 메뚜기가 펄쩍펄쩍 뛸 거요."

페르시아인은 에릭의 말을 듣고 피가 바짝바짝 말랐다. 에릭이 저토록 차분하게 말을 하는 것을 보니 뭔가 마지막 결심을 한 것 같았다. 곧 어마어마한 태풍이 몰아칠 것이다.

라울은 기진맥진하여 무릎을 털썩 꿇고 기도를 하기 시작했다.

"신이여! 우리와 오페라 극장이 무사하도록 보호해 주옵소서!"

"째깍! 째깍! 째깍!"

시계 초침 움직이는 소리가 마치 심장이 타 들어가는 소리처럼 들렸다.

이윽고 천사의 목소리처럼 그윽하고 부드러운 에릭의 목소리가 들려왔다.

"자, 이제 남은 2분이 다 지나갔어요! 안녕, 크리스틴! 잘 가라, 메뚜기야!"

"에릭!"

크리스틴은 괴물의 손을 덥석 붙들고 소리쳤다.

"잠깐만요! 내가 전갈을 돌려놓으면 우리 모두에게 아무 일이 없는 거죠?"

"물론이지. 우리가 결혼하기 위해서는 전갈을 돌려놓아야 해."

"만약 그게 속임수라면요?"

"당신은 내가 거짓말하는 것만 보았나? 전갈을 돌려놓으면 무도회장의 문이 열리도록 되어 있어! 하지만 이젠 됐어! 당신은 전갈을 원하지 않는 거야. 이제 저 메뚜기는 내게 맡겨!"

"에릭!"

"어허, 됐다니까!"

"자, 내가 전갈을 돌려놓았어요!"

그 말을 듣는 순간, 페르시아인과 라울은 오페라 극장이 폭발해 버리는 줄만 알았다.

가슴이 터질 듯한 순간이었다. 그런데 어디선가 무슨 소리가 들렸다. 처음에는 가느다랗게 들리더니 차츰 크게 들렸다. 분명히 화약 심지 타는 소리는 아니었다. 귀를 기울여 보니 콸콸거리는 소리였다.

그것은 물소리였다. 물은 뚜껑 문이 열린 계단으로 차올라오고 있었다. 페르시아인과 라울은 갈증이 목까지 차올랐던 참이라 뚜껑 문으로 가서 물을 벌컥벌컥 들이켰다. 그러나 물은 계속해서 고문실까지 밀고 올라왔다. 점점 물이 불어나자 두 사람의 무릎이 물에 잠겼다. 이대로 가면 두 사람은 물에 잠겨 죽을 수밖에 없었다.

"크리스틴! 물이 올라오고 있어요!"

"에릭! 어서 물을 잠가요! 빠져 죽겠어요!"

하지만 옆방에서는 아무 소리도 나지 않았다. 크리스틴도 에릭도 어디로 가고 없는 모양이었다.

두 사람은 아까까지는 타 죽을 뻔하다가 이제는 물에 빠져 죽을 처지가 되었다. 두 사람은 물속에서 허우적대다가 강철 나뭇가지를 붙잡고 나무에 기어올랐다. 나무에 올라가도 물은 계속 차올라왔다.

두 사람은 나무 위에서 헤엄을 치다가 지쳐서 물에 잠겨 버렸다. 물은 소용돌이를 치면서 정신을 잃은 두 사람을 바람개비처럼 빙빙 돌렸다.

시간이 얼마쯤 지난 뒤에 페르시아인이 정신을 차려 보니 침대 위에 있었다. 라울은 거울이 달린 옷장 옆 소파에 누워 자고 있었다. 그때 에릭이 다가와서 말을 걸었다.

"이제 정신이 드나요? 여긴 내 방 안이오."

페르시아인이 힐끗 둘러보니 크리스틴은 저쪽에 서 있었는데 한 마디도 하지 않았다. 크리스틴은 라울한테도 전혀 눈길을 주지 않았다.

에릭은 차를 한 잔 건네며 라울을 손가락으로 가리켰다.

"그는 괜찮을 거요. 그저 자고 있는 거니까. 지금은 깨우지 않는 게 좋겠지요. 이제 두 사람 다 살아났으니 안심해요. 조금 있다가 내가 두 사람을 땅 위로 데려다 줄게요. 그래야 내 아내가 기뻐할 테니까."

페르시아인은 아직 피로가 다 풀리지 않았기 때문에 차를 한 잔 마신 뒤에 다시 깊은 잠에 빠져들었다.

페르시아인이 긴 잠을 자고 나서 일어나 보니 자신의 집에 누워 있었다. 하인의 말을 들어 보니 누군가가 집까지 데려다 주었다고 하는데 전혀 기억이 나지 않았다.

그는 샤니 백작 집으로 하인을 보내 라울의 안부를 물었지만 라울은 아직도 돌아오지 않았다고 했다. 그리고 샤니 백작은 오페라 극장의 호숫가에서 시체로 발견되었다고 했다.

페르시아인은 이번 사건을 혼자만 알고 있을 수 없었다. 경찰서에 가서 사실대로 다 말했지만 아무도 믿지 않았다. 오히려 미친 사람 취급을 당했다.

그래서 페르시아인은 모든 사실을 글로 써서 남기기로 했다. 글이 완성되면 신문사에 보내서 온 세상에 알릴 참이었다. 페르시아인이 글을 거의 다 써 갈 무렵 누군가가 집으로 찾아왔다. 문을 열어 보니 뜻밖에도 에릭이었다.

에릭은 챙이 달린 모자를 깊이 눌러써서 해골 같은 얼굴을 가리고 있었다. 페르시아인이 물었다.

"네가 샤니 백작을 죽였지? 라울은 지금 어디에 있냐?"

"진정해. 샤니 백작은 사고로 죽었어. 내가 죽인 게 아냐. 라울은 지하실에 잠시 가두어 두었어. 내가 크리스틴과 결혼하려면 방해가 되잖아. 그래서 아무도 모르는 곳에 잘 모셔 두었어."

"그러면 크리스틴은 어떻게 되었지?"

"아, 크리스틴은 자네와 라울을 구하기 위해 나의 신부가 되기로 약속했어. 나는 크리스틴이 결혼을 약속하는 순간에 고문실에 차오른 물을 다 빼내고 두 사람을 구해 준 거야. 내가 크리스틴에게 키스를 하자 그녀는 전혀 피하지 않고 받아 주었어. 난 생전 처음으로 살아 있는 여자에게 키스를 해 보았지. 우리 어머니도 내가 징그럽게 생겼다고 키스를 받아 주지 않았거든."

그 말을 들은 페르시아인은 에릭에게 물었다.

"언제부터 얼굴이 그렇게 흉하게 일그러졌지?"

"난 태어날 때부터 해골 같은 모습이었어. 사람들은 나만 보면 손가락질을 하며 놀려 댔지. 그래서 나는 사람들의 눈을 피하기 위해 항상 가면을 쓰고 살았어."

"몹시 힘들었겠군."

"그랬지. 내 못생긴 외모 때문에 어떤 여자도 나를 사랑하지 않았어. 그런데 크리스틴에게 키스를 하고 나니 무척 행복하더군. 난 행복해서 뜨거운 눈물을 흘리며 아이처럼 엉엉 울었어! 이 세상에 태어난 뒤로 가장 큰 행복을 맛본 거야! 내가 행복해서 눈물을 흘리자 크리스틴은 나를 보고, '아, 가엾은 사람!' 하고 말했어. 나는 그 말을 들은 순간, 저렇게 순수한 여자를 더 이상 괴롭혀서는 안 되겠다는 생각이 들었어. 더 이상 내 욕심을 채우기 위해 붙잡아 두지 말자고 결심했어. 난 오늘 당장 죽어도 괜찮아. 내가 사랑하는 여자를 행복하게 해 주기로 했어. 내가 데리고 사는 것보다는 젊은 사람끼리 사는 게 더 나을 거야. 나를 사랑한다는 말을 한 마디 들은 것만으로도 충분해. 그래서 죽기 전에 자네를 만나 작별 인사를 하러 온 거야."

페르시아인은 에릭의 말투에서 왠지 모를 편안함을 느꼈다.

"왜 갑자기 죽는다는 거지?"

"난 사랑을 못 해 보았기 때문에 세상 사람을 저주하면서 악착

같이 살아 왔어. 하지만 사랑하는 사람을 만나고 나니 모든 게 덧없이 느껴져. 이제 세상에 아무런 미련이 없어. 내가 조용히 사라져야 크리스틴이 행복하게 살 수 있을 거야. 크리스틴에게 라울이 갇혀 있는 곳도 가르쳐 주었어.”

에릭은 그 말을 남기고 바람처럼 사라졌다.

며칠 후 파리에서 발행하는 신문의 한 귀퉁이에 이런 기사가 짤막하게 실렸다.

에릭 사망!

● 이해 능력 Level Up!

※다음 글을 읽고 물음에 맞는 답을 골라 번호를 쓰세요. (1~3)

> 친구들한테 시달리던 멕지리는 할 수 없다는 듯이 입을 열었다.
>
> "그럼 모두 비밀을 꼭 지켜야 해. 사실은 말이야. 이런 이상한 일들이 모두 그 유령의 좌석 때문이래."
>
> "뭐, 유령의 좌석이라고?"
>
> "그게 무슨 말이야? 오, 맙소사! 유령에게 좌석이 있다니!"
>
> 무용수들은 한숨을 뱉어내며 멕지리의 다음 말을 기다렸다.
>
> "무대 왼쪽 2층 5번 박스 좌석이 바로 그 유령의 전용 좌석이래."
>
> "그게 정말이야?"
>
> "정말이야. 우리 엄마가 좌석 안내를 맡고 있거든. 거긴 오래전부터 유령의 전용 좌석이었대. 그 자리는 유령 말고는 아무도 들어갈 수가 없다는 거야. 유령이 다른 사람에겐 절대로 그 좌석을 주지 말라고 극장에 부탁했대."
>
> 그 말을 듣고 무용수들은 점점 호기심이 생겨 이것저것 물어보았다.

1. 멕지리가 비밀을 지켜야 한다고 말한 이유는 무엇일까요?

   1) 자기만 알고 싶어서

   2) 유령이 알면 해를 끼치니까

   3) 비밀을 말하면 엄마에게 혼나니까

   4) 다른 친구들이 알면 귀찮아서

   5) 유령이 말하면 안 된다고 해서

2. 유령이 전용 좌석을 달라고 한 이유는 무엇일까요?

   1) 남의 방해를 받지 않고 공연을 보려고

   2) 다른 사람에게 표를 팔려고

   3) 지배인을 골탕먹이려고

   4) 사람들에게 겁을 주려고

   5) 자신이 중요한 인물이라는 것을 알리고 싶어서

3. 멕지리가 유령에 대해서 많이 아는 이유는 무엇일까요?

   1) 유령에 대해 조사를 많이 해서

   2) 다른 사람들에게 이야기를 많이 들어서

   3) 원래 호기심이 많아서

   4) 직접 유령을 만났기 때문에

   5) 엄마한테 들었기 때문에

※다음 글을 읽고 물음에 맞는 답을 골라 번호를 쓰세요.(4~5)

발레리우스 교수 부부는 휴가철이 되자 크리스틴의 아버지를 위해 바다와 가까운 페로기렉으로 갔다. 그곳은 공기가 맑고 경치가 좋아 아버지의 건강에 큰 도움이 되었다. 라울이 크리스틴을 만난 것은 바로 그 무렵이었다. 크리스틴이 바닷가를 거닐고 있는데, 바람이 불어와 목에 맨 스카프가 날아가서 바닷물에 빠지고 말았다. 그걸 본 라울이 바닷물 속으로 뛰어들어 스카프를 건져 왔다. 라울이 물이 뚝뚝 흐르는 스카프를 건져 오자 크리스틴은 크게 감동해 라울의 뺨에 키스를 해 주었다. 그게 인연이 되어 소년과 소녀는 거의 매일 만나 시간 가는 줄 모르고 놀았다.

4. 발레리우스 교수 부부가 바다와 가까운 곳으로 간 까닭은 무엇인
   가요?
   1) 크리스틴 아버지의 건강을 위해
   2) 그곳이 고향이므로
   3) 수영을 하려고
   4) 여름에는 바닷가가 시원해서
   5) 발레리우스 교수의 부인이 가자고 해서

5. 라울이 크리스틴을 처음 만난 때는 언제쯤인가요?
   1) 크리스틴 아버지의 건강이 나빠지기 시작했을 때
   2) 바이올린을 배울 무렵
   3) 크리스틴의 생활이 안정되었을 때
   4) 크리스틴이 페로기렉 마을로 휴가를 갔을 때
   5) 크리스틴의 아버지가 돌아가셨을 때

6. 다음은 라울이 크리스틴에게 느끼는 감정을 나타낸 글입니다. 라
   울이 다음과 같이 느낀 이유는 무엇일까요?

라울은 크리스틴을 어렸을 때부터 알고 있
었다. 그래서 소꿉동무처럼 부담 없이 생각
하려고 해도 왜 그런지 크리스틴만 보면 마
음이 울렁거리고 가슴이 뛰었다. 아무리 마
음을 다잡으려고 애써도 소용이 없었다. 마
치 벼락을 맞은 것처럼 온몸에 전기가 통하
는 느낌이 들었다.

1) 옛날 일을 잊고 싶었기 때문에

2) 크리스틴을 보면 자꾸 기분이 나빠져서

3) 예전에 크리스틴이 자신을 사랑한다고 고백해서

4) 여자만 보면 울렁거리는 증상을 보였기 때문에

5) 크리스틴을 사랑하고 있기 때문에

※다음 글을 읽고 물음에 맞는 답을 골라 번호를 쓰세요. (7~10)

크리스틴은 라울에게 쏠리는 마음을 억누르느라 음악에만 온 힘을 쏟았다. 크리스틴의 노래 실력은 점점 좋아져 많은 대회에 나가서 상을 휩쓸 정도였다. 그렇게 나가면 몇 년이 안 되어 세계 최고의 성악가가 될 수 있을 것만 같았다.

그런데 불행하게도 크리스틴의 아버지가 갑자기 세상을 떠났다. 크리스틴은 아버지가 세상을 떠나자 모든 것이 시들해졌다. 음악에 대한 열정도 찬 서리를 맞은 국화처럼 시들어 버렸다. 그래서 노래 연습도 하지 않고 빈둥빈둥 놀면서 시간을 보냈다.

그러다가 밥벌이를 하기 위해 오페라 극장에 들어갔다. 오페라 극장의 가수가 된 뒤에도 먹고살기 위해 노래를 했지만 크게 인정을 받지는 못했다.

7. 크리스틴이 라울에 대한 마음을 억누를 수밖에 없는 이유는 무엇이었나요?

1) 라울의 형이 크리스틴을 싫어해서

2) 크리스틴이 노래 말고는 아는 게 없어서

3) 신분 차이가 크기 때문에

4) 나이 차이가 많아서

　　5) 주위 사람들이 반대해서

8. 크리스틴이 음악에 온 힘을 쏟은 까닭은 무엇인가요?

　　1) 라울을 잊으려고

　　2) 세계 최고의 성악가가 되려고

　　3) 아버지에게 효도하려고

　　4) 돈을 많이 벌기 위해

　　5) 음악밖에 할 줄 아는 게 없었기 때문에

9. 크리스틴이 음악 연습을 하지 않게 된 까닭은 무엇인가요?

　　1) 라울을 못 만나서

　　2) 아버지가 돌아가셔서

　　3) 연습을 많이 하니까 싫증이 나서

　　4) 더 이상 받을 상이 없어서

　　5) 음악으로는 돈을 벌지 못해서

10. 크리스틴이 오페라 극장에 들어간 이유는 무엇인가요?

　　1) 라울을 만나려고

　　2) 훌륭한 가수가 되기 위하여

　　3) 생활비를 벌기 위해

　　4) 워낙 유명한 극장이니까

　　5) 극장에서 오라고 했기 때문에

11. 크리스틴은 에릭이 자신을 진심으로 사랑하는 줄 알면서도 왜
　　에릭과 결혼하는 것을 망설였을까요?

1) 에릭이 나쁜 짓을 많이 한 사람이니까

2) 유령과는 결혼할 수가 없어서

3) 해골처럼 생겨서 무섭기 때문에

4) 라울 같은 귀족과 결혼하고 싶어서

5) 이미 다른 사람과 결혼해서

※다음 글을 읽고 물음에 맞는 답을 골라 번호를 쓰세요. (12~13)

갑자기 눈앞에 독뱀이 나타나서 혀를 날름거리고, 사자가 나무 틈에서 나와 으르렁거렸다. 페르시아인은 '이제 죽었나 보다.'고 생각하며 눈을 감았다가 다시 떴다. 그러나 뱀과 사자는 어디로 갔는지 없었다. 기운이 빠져 헛것을 본 모양이었다. 〈중략〉

라울은 목이 마르고 어지러워 더 이상 견딜 수가 없는지 권총으로 이마를 겨냥했다.

"난 더 못 참겠소. 어차피 크리스틴도 죽을 텐데 내가 더 살아서 뭐 하겠소? 먼저 갑니다!"

12. 라울이 죽으려고 하는 이유 두 가지를 고르세요.

1) 크리스틴이 곧 죽을 거라고 생각하기 때문에

2) 독뱀과 사자가 나타나서

3) 목이 마르고 어지러워 견딜 수 없어서

4) 페르시아인이 그렇게 하라고 시켜서

5) 크리스틴이 에릭과 곧 결혼할 것이기 때문에

13. 다음 중 위 글에 나타난 행동으로 보아 알 수 있는 라울의 성격
    을 고르세요.

    1) 무척 느긋하다.   2) 열정적이다.

    3) 순진하다.   4) 차분하다.

    5) 성급하다.

14. 다음은 에릭이 페르시아인을 찾아와서 한 말입니다. 에릭의 말
    을 통해 알 수 있는 사실이 아닌 것은 무엇인가요?

"난 사랑을 못 해 보았기 때문에 세상 사람을 저주하면서 악착같이 살아왔어. 하지만 사랑하는 사람을 만나고 나니 모든 게 덧없이 느껴져. 이제 세상에 아무런 미련이 없어. 내가 조용히 사라져야 크리스틴이 행복하게 살 수 있을 거야. 크리스틴에게 라울이 갇혀 있는 곳도 가르쳐 주었어."
에릭은 그 말을 남기고 바람처럼 사라졌다.

    1) 에릭은 사랑을 못 받고 자랐다.

    2) 에릭은 크리스틴과 강제로 결혼했다.

    3) 에릭이 크리스틴을 풀어 주었다.

    4) 에릭은 크리스틴을 진정으로 사랑한다.

    5) 에릭은 크리스틴이 행복하기를 바란다.

● 논리 능력 Level Up!

1. 라울이 환송 행사가 시작되기 전에 크리스틴의 대기실 앞에서 기
   다린 이유는 무엇인가요?

※다음 글을 읽고 물음에 맞는 답을 쓰세요.(2~3)

> 라울은 두근거리는 가슴으로 방문을 노크하려고 손을 들었다. 바로
> 그때 안에서 남자 목소리가 흘러나왔다.
> "크리스틴, 나를 사랑할 거지?"
> 그다음에는 크리스틴의 목소리가 들렸다.
> "꼭 사랑한다고 말해야 하나요? 제가 당신을 위해 온 힘을 다해 노래
> 를 불렀잖아요?"
> 라울은 그 말을 듣는 순간 가슴이 뻥 뚫리는 듯했다.

2. 대기실에서 들리는 남자 목소리에 라울은 어떤 생각을 했을까요?

---

3. 라울이 크리스틴의 말을 듣고 가슴이 뻥 뚫린 것처럼 놀란 이유
   는 무엇인가요?

※다음 글을 읽고 물음에 맞는 답을 쓰세요.(4~6)

> 라울은 크리스틴의 아버지한테 바이올린도 배우고 옛날 이야기도
> 많이 들었다. 크리스틴의 아버지는 옛날 이야기를 아주 재미있게 했는
> 데 이야기마다 꼭 등장하는 것은 (   )였다.
> 크리스틴의 아버지는 아이들에게 이런 말을 했다.
> "훌륭한 음악가라면 누구나 한 번쯤은 (   )를 만나게 될 거
> 야. (   )를 만나 영감을 받아야만 남과 다른 음악가가 될 수
> 있어. 그런데 그 (   )는 게으르거나 노력을 하지 않는 사람에
> 겐 찾아오지 않아. 열심히 노력해야 찾아오는 거야."
> 그때 어린 크리스틴이 초롱초롱한 눈으로 이렇게 물었다.
> "아빠는 (   )를 만났어요?"
> "아냐. 난 못 만났어. <u>하지만 넌 꼭 만나게 될 거야.</u> 내가 죽어
> 서 하늘 나라로 가면 반드시 너에게 (   )를 보내 주마.
> 자, 손가락 걸고 약속할게."

4. 윗글 중 (   ) 안에 공통적으로 들어갈 말은 무엇인가요?

5. 아버지가 크리스틴에게 밑줄 친 것과 같이 말한 것은 무엇 때문
   이었을까요?

6. 윗글에 나오는 '영감'이라는 말 대신 다른 표현을 쓴다면 어떤 말
   을 집어넣을 수 있을까요?

통 안에는 포도주가 아니라 화약 가루가 담겨 있었다.

'이 많은 통에 모두 화약 가루가 담겨 있다면 ……?'

라울은 통 속에 화약이 가득 들어 있는 것을 보고는 몸을 부르르 떨었다.

"모든 것을 끝장내고야 말겠다는 에릭의 협박이 거짓말은 아니었군요! 이만한 양이면 오페라 극장을 산산조각 낼 수 있겠어요. 정말 엄청나네요!"

7. 에릭이 많은 통 속에 화약을 담아 놓은 이유는 무엇일까요?

8. 많은 통 속에 든 화약을 다른 곳으로 옮기지 않고 못 쓰게 만들려면 어떤 방법을 쓰는 것이 좋을까요?

※ 다음 글을 읽고 물음에 대한 자신의 의견을 쓰세요.(1~2)

크리스틴은 말을 꺼내기가 힘든지 한참을 망설였다.

"그게 아니라 음악의 천사가 날마다 대기실로 찾아와 내게 노래를 가르쳐 주었어요."

"뭐라고요? 꿈속에서가 아니라 정말 나타나서 노래를 가르쳐 주었다고요?"

"네, 당신도 들은 것처럼 그 대기실에서 천사의 음성을 들으며 노래 공부를 했어요. 하지만 그 천사를 눈으로 직접 보지는 못했어요."

1. 크리스틴은 음악의 천사가 찾아와 노래를 가르쳐 주었다고 했습니다. 실제로 그런 일이 일어날 수 있을까요? 크리스틴의 말에 대해 찬성하거나 반대하는 의견을 써 보세요.

2. 우리가 사는 세상에는 음악의 천사나 유령, 귀신과 같은 존재가
   실제로 있을까요, 아니면 없을까요? 자신의 의견을 써 보세요.

> "라울! 당신도 음악을 좋아하잖아요? 음악은 듣는 이의 가슴을 감동으
> 로 물결치게 하고 음악을 듣는 순간만큼은 이 세상의 어떤 괴로움이나
> 슬픔도 다 잊게 되지요. 그게 음악이 갖고 있는 힘이에요."
> "그럼 음악 때문에 할 수 없이 그를 좋아한다는 말이군요?"
> "아까도 말했듯이 음악 때문만은 아니에요. 에릭은 나를 땅 위로 내보
> 내 주면서 혹시라도 내가 안 돌아올까 봐 흐느껴 울었어요. 참 가엾은
> 사람이잖아요? 나 말고 누가 그 사람을 이해해 주겠어요?"
> 라울은 크리스틴이 자꾸만 변덕을 부리는 것 같아서 부아가 치밀어 올
> 랐다.

3. 위의 글에서 크리스틴은 음악이 갖고 있는 힘에 대해 이야기를
   하고 있습니다. 음악뿐만 아니라 미술, 연극, 문학 등 예술이 갖
   고 있는 힘을 세 가지 이상 예를 들어서 써 보세요.

4. 라울은 크리스틴이 자꾸만 변덕을 부린다고 하였습니다. 여러분
   은 크리스틴이 변덕을 부린다고 생각합니까, 아니면 크리스틴의
   생각이 모두 옳다고 봅니까? 자신의 의견을 써 보세요.

5. 라울이 당장 도망치자고 했지만 크리스틴은 에릭과의 약속을 지
   키려고 합니다. 자신을 납치한 사람과의 약속을 지키는 것도 필
   요할까요, 아니면 필요 없을까요? 다음 글을 읽고 여러분의 의견
   을 써 보세요.

“에릭이 준 반지가 없어졌어요!”
“내일 도망칠 텐데 반지가 없으면 어때요?”
라울이 대수롭지 않다는 투로 말하자 크리스틴은
펄쩍 뛰었다.
“안 돼요. 에릭은 그 반지를 주면서 말했어요. 내
가 그 반지를 끼고 있는 동안에는 자유롭게 다닐
수 있고 모든 위험에서 안전할 수 있다고요. 하지만 손에서 반지를 빼
는 순간에는 어떤 불행이 닥칠지 모른다고 했어요. 복수를 각오해야
한다고요. 그런데 지금 반지가 없어졌어요! 아마 아까 지붕 아래 높은
곳에서 당신과 껴안고 있을 때 빠진 것 같아요. 이 일을 어떡하죠?”
“그렇다면 지금 당장 도망칩시다!”
“안 돼요. 내일 가요. 그럼 안녕히!”

6. 라울은 크리스틴에게 다음과 같이 말했습니다. 여러분은 라울의 말에 찬성합니까, 아니면 반대합니까? 자신의 의견을 써 보세요.

이제 더 이상 망설일 시간이 없었다. 라울이 일그러진 얼굴로 소리를 질렀다. "크리스틴! 어쩔 수가 없어요! 우리 두 사람의 사랑보다 많은 사람의 생명이 더 소중해요! 그러니 어서 전갈을 거꾸로 돌려 놓아요!"

7. 에릭은 크리스틴의 사랑을 얻기 위해 다음과 같이 행동합니다.
사랑을 쟁취하기 위해 수단과 방법을 가리지 않는 이런 에릭의
행동에 대해 어떻게 생각하는지 써 보세요.

잠시 침묵이 흐르다가 에릭이 크리스틴을 보고 말했다.
"자, 사랑하는 그대여! 어서 하나의 열쇠를 선택하시오! 이제 2분 남았
소! 전갈을 고르지 않으면 내가 직접 메뚜기를 돌려놓겠소. 그러면 메뚜
기가 펄쩍펄쩍 뛸 거요."
페르시아인은 에릭의 말을 듣고 피가 바짝바짝 말랐다. 에릭이 저토록
차분하게 말을 하는 것을 보니 뭔가 마지막 결심을 한 것 같았다.

8. 크리스틴은 결국 전갈 열쇠를 고릅니다. 에릭의 사랑을 받아들인
   크리스틴의 행동이 옳다고 봅니까, 아니면 잘못되었다고 봅니까?

이해 능력 Level Up!

1. 2)	2. 1)	3. 5)	4. 1)	5. 4)
6. 5)	7. 3)	8. 1)	9. 2)	10. 3)
11. 3)	12. 1), 3)	13. 5)	14. 2)	

논리 능력 Level Up!

1. 크리스틴에게 사랑을 고백하려고

2. 크리스틴이 자기 몰래 다른 남자를 사랑한다는 생각을 하였을 것이다.

3. 이제 크리스틴을 사랑할 수 없겠다는 생각이 들어서

4. 음악의 천사

5. 자신감을 북돋워 주기 위해서

6. 어떤 은혜, 특별한 기술, 어떤 혜택, 가슴 뛰는 감동, 좋은 자극 등

7. 크리스틴이 자기 말을 듣지 않으면 오페라 극장을 폭발시키려고

8. 통 속에 물을 가득 채운다.

논술 능력 Level Up!

1. 예시 : •찬성하는 경우 – 열심히 연습하다 보면 마음속에서 천사를 만날 수도 있고, 천사로 변장한 사람을 만나서 배울 수도 있을 것이다. 천사로 변장한 사람은 나쁘지만 천사가 있다고 믿는 것은 잘못된 것이 아니다. 실제로 천사가 없더라도 꿈속에서 천사를 만날 수 있고, 마음속에서 상상을 하여 만날 수도 있기 때문이다.

•반대하는 경우 – 이 세상에 귀신이나 천사는 없다. 공연히 사람들

이 거짓으로 만들어 낸 것이다. 보이지도 않고 들을 수도 없는데 천사가 어떻게 존재한단 말인가? 크리스틴이 만난 천사도 알고 보면 에릭이라는 사람이 가짜로 천사 흉내를 내었을 뿐이다. 따라서 천사에게 노래를 배운다는 말은 잘못되었다.

2. 예시 : •있다고 보는 경우 – 천사나 유령은 얼마든지 있을 수 있다. 여태까지 귀신이나 유령을 보았다는 사람이 적지 않다. 사람이 죽으면 영혼이 천국으로 간다고 하는데 그런 영혼들이 우리 주위로 내려올 수도 있을 것이다. 실제로 보지 않았다고 해서 천사나 유령이 없다고 하면 안 될 것 같다. 공기는 보이지 않지만 실제로 존재한다. 마찬가지로 천사나 유령도 어딘가에 존재할 수 있다.

•없다고 보는 경우 – 천사나 유령은 사람들이 만들어 낸 존재일 뿐이고 실제로는 존재하지 않는다. 직접 보았다는 사람이 있지만 여러 사람과 같이 본 일은 없고 증명할 수 있는 방법도 없다. 천사나 유령이 있다면 우리가 사진을 찍거나 목소리를 녹음할 수 있어야 하는데 그럴 수가 없다. 보이지도 않고 만질 수도 없는데 어떻게 있다고 보겠는가? 천사나 유령은 사람들이 만들어낸 이야기 속의 존재일 뿐이다.

3. 예시 : 1) 사람의 마음을 감동시킨다.

2) 생각하는 힘을 키워 준다.

3) 슬플 때는 위로해 주고 기쁠 때는 더욱 행복하게 해 준다.

4) 무언가를 더 잘해 보겠다는 의욕을 키워 준다.

5) 다른 사람을 이해하고 사랑하는 마음을 갖게 해 준다.

4. 예시 : 크리스틴이 지금 당하고 있는 상황을 보면 지극히 정상적이
다. 에릭에게서 음악 수업을 받았기 때문에 고마운 마음이 들 것이
고, 그러면서도 라울을 좋아하기 때문에 라울에게 끌릴 것이다. 에
릭이 가엾기도 하고 라울이 사랑스럽기도 하니까 마음이 혼란스러
운 것은 당연하다. 어쩔 수 없이 한 사람을 선택해야 하지만 그게
쉽지는 않기 때문에 많은 갈등을 겪고 있는 것이다.

5. 예시 : • 필요하다고 보는 경우 – 약속이란 어떤 상황에서도 지켜야
만 한다. 사람이 사는 사회를 지키는 힘은 서로를 믿는 마음이다.
그런데 자기가 필요하면 약속을 지키고 불편할 때는 지키지 않는
다면 서로를 믿고 살아갈 수 없을 것이다. 한번 약속한 것은 어떤
일이 있더라도 꼭 지켜야만 한다.
　• 불필요하다고 보는 경우 – 크리스틴은 라울을 더 사랑하고 있기 때
문에 에릭과의 약속은 지킬 필요가 없다. 게다가 에릭은 여러 모로
정상인이 아니다. 크리스틴은 결단을 내려 에릭에게서 빠져나와야
한다. 자꾸 망설이면 불필요한 오해를 더 키울 수 있다. 약속은 꼭
지켜야 하지만 목숨이 위태로운 급박한 상황에서는 지키지 않아도
된다고 본다.

6. 예시 : • 찬성할 경우 – 두 사람보다 여러 사람의 생명이 더 소중하
다는 라울의 말이 맞다. 라울이 사랑만을 고집한다면 크리스틴도
결국 죽게 될 것이고 오페라 극장도 파괴될 것이다. 그러므로 라울
이 크리스틴을 잃는 한이 있더라도 많은 사람을 살려야 한다. 자신
의 사랑을 얻기 위해 많은 사람을 희생시켜서는 안 된다.

• 반대할 경우 – 사랑은 어떤 일이 있어도 지켜야만 한다. 어떤 협박이나 위험이 있더라도 이겨 내야 한다. 지금 상황은 매우 급박하지만 지혜를 잘 짜내면 빠져나갈 방법이 반드시 있을 것이다. 힘들다고 사랑을 쉽게 포기하면 처음부터 사랑을 하지 않는 것만 못하다.

7. 예시 : 텔레비전 뉴스나 신문 등을 통해 수단과 방법을 가리지 않고 사랑을 얻으려다 무서운 결과를 낳은 경우를 가끔 본다. 사랑이란 강요한다고 얻어지는 게 아니다. 사랑은 마음에서 우러나야 하는 것이지 남이 억지로 시킨다고 생기는 것이 아니다. 짚신도 짝이 있다고 에릭은 이런 극단적인 방법을 선택하지 말고 자기 처지에 맞는 사람을 고르는 게 좋겠다.

8. 예시 : • 크리스틴이 옳다고 볼 경우 – 크리스틴은 험상궂게 생긴 에릭의 사랑을 받아들이기 싫었지만 많은 사람의 생명을 구하기 위해 어쩔 수 없었다. 자기 한 사람만을 생각한 것이 아니라 라울과 다른 사람들의 안전을 위해 선택한 결정이었다. 그러므로 크리스틴의 행동은 거룩한 희생이라고 할 수 있다.

• 크리스틴이 잘못했다고 볼 경우 – 크리스틴이 에릭의 협박에 굴복한 것은 잘못된 행동이다. 자신이 옳지 않다고 생각하면 끝까지 밀고 나가야 할 것이다. 에릭이 어떤 위협을 하더라도 자신의 마음을 바꾸어서는 안 된다. 사랑은 목숨보다도 더 소중하다는 말이 있다. 크리스틴이 정말로 라울을 사랑한다면 목숨을 잃더라도 에릭의 사랑을 받아들여서는 안 된다. 진정한 사랑은 죽음을 두려워하지 않는 것이다.